눈먼 벽화

김락호 시집

시인은 눈을 감았다.
그리고 세상을 본다.
감추어진 진실을 본다.
광기, 추악, 열망, 탐욕, 공포, 고통, 맹목, 증오
그리고 희망,
내가 보고 싶은 것들은
편견이라는 벽에 가리워져 있다.
눈먼 벽화를 보며
핥고 있는 것은 삶이다.

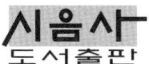
시음사
도서출판

출판사 서평

오랜 기간동안 문화예술인으로서 문단을 이끌어온 김락호 시인이 오랜만에 자신의 이야기를 세상에 선보인다. 시인이며 작가로 활동하는 김락호의 시집 "눈먼 벽화"를 출판하게 되어 기쁜 마음이다. 지난 신문 인터뷰 기사 중 기억에 남는 제목이 있다. "나만의 이야기가 가장 좋은 시다." 라고 했듯 김락호 시인은 자신 이야기를 한 권의 시집으로 엮었다. 시인은 자신이 볼 수 없는 것은 심안을 통해 보고, 볼 수 있는 세상의 이야기는 독자들에게 묻는다. 시인만의 이야기를 그리고 삶에서 주는 무게를 詩로써 표현하고 있는 것이다.

이번 시집 "눈먼 벽화"는 멀티 시집이다. 종이로 보는 것의 한계를 모바일 시대에 맞추어 전자책으로도 발행된다. 스마트 폰을 이용하여 전자책으로 볼 수도 있고, 그의 작품들이 노래로 만들어진 곡도 들을 수 있다. 또한 김락호 시인을 잘 표현해 주는 대표작을 시인 육성 시낭송으로 감상할 수도 있다. 김락호 시인의 "눈먼 벽화"는 보고, 듣는 모바일 멀티 시집으로 모든 연령층이 쉽고 간단하게 즐기며 감상할 수 있다.

도서출판 시사랑 음악사랑 편집부

QR code

김락호 시인 개인 서재 개인 홈페이지

제목 : 침묵의 사랑
작사 : 김락호
노래 : 진우

제목 : 가을랩소디
작사 : 김락호
노래 : 루노

제목 : 버리며 얻은...
작사 : 김락호
노래 : 문명곤

제목 : 당신을 위한...
작사 : 김락호
노래 : 이금이

제목 : 이별의 진혼곡
작사 : 김락호
노래 : 이금이

제목 : 안녕이라는...
작사 : 김락호
노래 : 김화영

제목 : 사랑합니다
작사 : 김락호
노래 : 김화영

제목 : 내게 당신은...
작사 : 김락호
노래 : 이금이

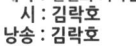

제목 : 천년의 기다림
시 : 김락호
낭송 : 김락호

제목 : 독도 우지마라
시 : 김락호
낭송 : 김락호

제목 : 내게 당신은...
시 : 김락호
낭송 : 김락호

제목 : 백조의 꿈
시 : 김락호
낭송 : 김락호

제목 : 바다는 아픔...
시 : 김락호
낭송 : 박영애

제목 : 사랑의 윤회
시 : 김락호
낭송 : 설연화

제목 : 묘비명
시 : 김락호
낭송 : 김락호

제목 : 사랑하는 법...
글 : 김종환
나레이션 : 김락호

- 스마트폰으로 어플을 다운받아 QR code를 스캔하면 작품집에 수록된 詩낭송과 詩노래를 감상할 수 있습니다.
- 시집 '눈먼 벽화'의 본문은 김락호 시인 개인 홈페이지 또는 대한문인협회 홈페이지 내 서재에서 더 많은 작품을 감상 할 수 있습니다.

목차 1

목차 2

목차 3

목차 4

詩 노래

버리지 못하는 너

그녀는 늘 나와 함께 하기를 원한다.
나도 그녀가 싫지만은 않다.
사람들은 그녀와 나를 시기하고
그녀 향기를 품은 나를 꺼리기도 한다.
그녀와 결코 헤어질 수 없는 것인지
내가 그녀를 버리지 못하는 것인지
버리고 싶은 간절한 마음은
그녀를 향한 내 사랑보다 더 깊기만 한데
버리려 하면 그녀는 슬픈 얼굴로 나를 유혹하고
버릴 수도 가질 수도 없는 그녀를
오늘도 난
늘씬한 몸매를 어루만지며
마른 입술로 애무를 시작한다.
가슴 깊은 곳에서 그녀가 느껴지면
숨을 헐떡이며 깊은 정사의 늪에 빠져든다.
한 번 빠져든 그녀의 매혹적인 황홀함은
뼛속 깊은 곳까지 흔적을 남긴다.
그녀의 요사스러운 매력에 오늘도 나의 호흡은 희롱당한다.
이별의 마음으로 굳게 마음 다잡고 뒤돌아서니
그녀의 매혹적인 향이 내 손을 이끈다.
늘 그녀와 사랑을 나눈 자리엔 희뿌연 허무와
바닥에 뚝뚝 떨어진 삶에 대한 회한(悔恨)뿐이다.

독도 우지마라 독도여

제목 : 독도 우지마라
시 : 김락호
낭송 : 김락호

곧은 듯 부드러운 선, 하늘 높은 곳까지 올려다보며,
너는 세상에 외마디를 지른다.
오천 년 역사의 한 서린 아픔을 지켜보았노라고.

벚꽃으로 위장한 칼날이 너의 살갗을 찢고
어미의 젖가슴에 어혈을 물들이고
아비의 입과 귀를 도려낼 땐,
억지로 감춘 고통의 망령을 보아야만 했던,
너는,
해국이 만개한 돌 틈 사이와 거친 섬제비쑥에 숨겨두고
괭이갈매기 울음소리가 하얀 각혈로 바위를 물들일 때까지
눈물을 감추어야만 했다.

너는 거기서 누런 황소가 끌고 가는
꽃상여를 침묵으로 지켜보며,
훌쩍이는 요령 소리에 아리랑을 숨겨야만 했다.

침묵으로 통곡을 노래하던 독도여!
삼키지 못한 억겁의 한이
무거운 약속으로만 남지는 않을 테니,
이제는 울음을 거두어라.

시린 가슴을 안고 너도 하얗게 새벽을 지키며,
희망을 품고 있지 않은가
하늘로 솟구쳐 오르는 미래에 맑은 영혼의 소리를
해가 떠오르는 지평선에다 외치고 있지 않은가.

구멍 숭숭 뚫린 몸뚱이는 이제
저 멀리 태평양을 지나 이랑을 만들고,
꽃을 피우다가 열매 맺을 것이라고
희망을 노래하지 않는가.

이제 오천만이 하나 되어 너에게 무릎을 내어 쉬게 할 터이니
너는 이제 우지마라.
우지마라, 독도여!!

세상을 봐라

몸이 고되어 마음이 멀어지느냐!
동전 한 닢 던져주고 세상을 논하지 말아라.

고급 양복에 실크넥타이로
구멍 뚫린 작업복의 비애를 말하려느냐!
입술의 얇은 속임수로 삶에 깊이를 논하지 말아라.

반질거리는 육중한 책상에
등 기대고 앉아서 무엇을 보려함이냐!
단돈 만 원짜리 운동화에 묻은 흙을 만져보지 않고는
내일을 논하지 말아라.

최고급 외제차에 제 손으로 운전조차 하지 못하는
두 손으로 무엇을 잡으려느냐!
하루 벌이로 내일을 살아가는 사람들의 고된 삶에
희망 한 톨도 얹어주지 못하면서
그들의 거친 손을 잡으려 하지 말아라.

내가 아닌 우리를 위해
우리가 아닌 모두를 위해
너의 마음이 삶을 말하려 한다면
그때 너의 말에 귀 기울이길 바라거라.
그리고 고통 뒤 올 희망을 베풀 거라.

이별의 진혼곡

간밤 울음소리 슬피 하더니
무엔가
명치끝에 쑤욱 박히더이다.
들숨을 가슴에 가두고
날숨을 허공에 토해내는데
그래도 빠지지 않고 채워지기도 없는
허전함과 뻑뻑함의 불완전한 공존.
먼동이 공기의 냄새에 배어 나오고
열두 자 깊이의 우물곁에
철푸덕 앉아버린 몸뚱어리.
괜스레 하늘과 끊어진 두레박만 원망하였더이다.

잘 가소.
편히 잘 사소.
아직은 당신을 갈망하는 내 목소리
답해줄 수 없는 외길이라면.
가슴에 쌓인 한숨은
감은 눈꺼풀 위에 촘촘히 올려 두었다
이름 없는 먼 곳에 닿걸랑
묵언의 이야기로 풀어버리고,
저만치 마중 나온 이
웃음 흘리며 손 내밀거든
기쁘게 두 손 잡고 반겨 가구려.

꽃지의 늙은 사랑

바닷물도 외로워 떠나버린
꽃지 해수욕장 한편에
서로 마주 보며
애타는 그리움으로 두 손 맞잡은
늙은 섬이 사랑을 나눈다.

누구의 애틋함이
이리도 가련할까

언제나 함께할 수 없는 외로움에
만남이 애달파
절절히 가슴엔 그리움만 고여 들고
머물다 떠나는 갈매기 울음 사이로
님 향한 속울음만 겹겹이 쌓여든다.

붉은 노을 사이로
바닷물이 수평선에 선을 그리면
두 섬은 또 헤어질 아픔의 파편들로
외마디 흐느낌을 토해내고
고운님 다시 품을 그 날을 위해
흘린 눈물은 바다가 되어
노을 속으로 묻혀 간다.

사랑은 존재의 숭고함이다

꽃피지 않는 늙은 나무에
사랑 하나가 맺혔다.

내일도 나에게는 끝없는
순환 속에서 잎이 피고
꽃이 열릴 것이다.

육체는 그리움을 갈구하고
영혼은 에고의 어둠 속에서
존재할 수 없듯
사랑은 한줄기 강한 빛이 된다.

고요한 침묵 뒤에 분노한 열정이
심장을 빅차고 허공을 가르면
차분하고도 친밀한 언어로
너의 이름을 부른다.

영혼은 사랑 없이는
존재할 수 없다. 형언하며,
나에게로 온다.
사랑을 부른다.

백조의 꿈

제목 : 백조의 꿈
시 : 김락호
낭송 : 김락호

갈 곳 잃은 백조는
외로운 등대를 바라보다
꿈을 꾸었습니다.
무거운 침묵 속에서
늘 하늘을 비상하는 꿈을,

날지 못하는
작은 새는 독한 현기증을 앓았습니다.

파도가 밀려와 섧디 설운 사랑의
이야기를 들려줄 때면
가슴부터 빨갛게 물드는 아픔을
숨기려 여윈 햇살만 바라보아야 했습니다.
자유로이 바다를 넘나드는 파도에게는
거꾸로 매달려버린
사랑 이야기를 들려줄 수 없었기 때문입니다.

더 이상의 꿈이 무의미할 때쯤
허공에 매달려
무게를 깨달을 수 없었던 사랑은
바람을 따라 가고
부재의 흐느낌처럼 날개를 주었습니다.

백조는
설핏 저무는 해 그림자를 바라보며
꿈꾸던 세상을 향해
힘껏 날아오를 수 있었습니다.

너와 나는 똥개이고 싶다

능선 아래 빨간 양철지붕이 하늘을 이고 앉아 있다.
길가는 나그네,
굴뚝에서 뿜어내는 꺼먹솥의 눈물에서
누룽지 냄새 배어 나오면 뒷간이 눈에 먼저 들어온다.

배부른 나그네는 굶주림의 욕정을 밥상머리에서 흘린다.

여인은 행주를 들고,
나그네가 흘린 절정에 오른 요사스러움을
아랫도리 가득 주워담아 들고는 주변을 살핀다.

사립문 밖 똥개 한 마리 입맛 다신 혓바닥에
마른 먼지만 훔쳐 먹는데,

양푼에 한가득 비밀을 들고는
허기진 놈 앞에 툭! 던지며 아낙이 하는 말.

"오늘 밤 너는 이 밀애를 먹고
요란한 소리가 들리면 입을 꿰매야 하고,
입속에서 혀가 춤을 추면 눈을 감아야 한다."

분칠한 여인네 정분 난 바람에 콧노래를 흘리고,
잠들지 못하는 양철지붕은 달아오른 달을 보며
헛기침을 게워야만 했다.

삶, 그 쓸쓸함에 피는 꽃

너, 나
타인에게 모여든 겨울.
영동 할매가 가져올
샛바람은 보리를 키우고,
앞산을 덮고 있던 눈은 녹아
생명이 흐르는 개울의
버들강아지 봄 춤을 준비한다.

이제 비도 오겠지
꽃도 피겠지
또 한 장의
풍경화는 찢겨지고
내 몸은 그만큼
젊은 피가 그리워질 게다
한탄하지 말자
개꽃의 거친 독성을 취하지 말고
부끄러운 듯 피어나
허기진 배를 채워 줄
참꽃이 피기를 바래보자.

천년의 기다림

제목 : 천년의 기다림
시 : 김락호
낭송 : 김락호

나는
한지의 이름으로 숨을 쉬어야 하는 종이이면서,
땅에서 솟아오른 천 년의 그리움이다.

바람 부는 길가에 서서 세상을 노래하다가
이제 더 이상 나무이고 싶지 않아,
사람의 숨결 속으로 파고들었다.

나는, 어떤 이에게는 가슴에 매달린 꽃이 되었다가
어떤 이에게는 고향을 기억하는 인형이 되었다.
마주앉은 부부의 사랑터가 되었다가
우아한 기품을 품고는 문설주에 친구도 되었다.

백번을 두드려 천 번을 씻어 내린 모습을 하고
한 땀 한 땀 바늘이 지나간 자리엔 천사의 날개가 내렸다.
절망의 고독 속에서도 변치 않은 아름다움을 품고
세상을 향해 던지는 미소에 수수함도 담았다.

또 한 번 세상은 영혼을 위한 잔치를 준비하고,
밝은 것 어두운 것도 없고 거친 것 무른 것도 없는
세상에 단 하나,
오로지 천 년을 살아갈 수 있는 모습으로 나는 비상을 꿈꾼다.

천상의 생명이 가슴에 내려앉는 날.
거친 닥나무 결에 숨어서 기다린 갈빛 세월을
신비로운 탄성의 미학으로 승화시키며, 나는 춤춘다.
당당한 옛스러움을 안고 찬란한 하늘을 날아오른다.

다 그런 게지 뭐
- 매미의 情事

스산한 밤 무리가 농익은 달을 잡고
헛바람 놀이를 하는데,
한여름 요사스럽게 궁둥이를 흔들던
환생한 굼벵이 년이 '아이고 배야'며
속곳을 젖히고 요념을 뜨네.

에이 고년. 몹쓸 년
여름 내내 이집저집 기웃거리며
뭇놈들 정액을 쪼옥 뽑아먹더니,
가을 사내 장삼은 왜 또 못 잡아먹어
안달을 하는 겐지!

여름내 뒹군 몸뚱어리.
그래도 주체 못 하는 치맛바람을 안고는
가을 달마저 품으려 저고리 풀어헤치고 달겨드는데,

어메나
이놈은 누군게야! 이 뜨거움은 여름 내내 알던 뭇놈의
정사가 아닌 게야! 모시 적삼 치마저고리 움켜잡고는
솜털 휘날리게 도망치는데, 이를 어쩌누!
이놈도 사내놈이라 뜨겁게 태워준다며
치마를 들춰버리네.

밤새 요사를 떤 게야. 물불 가릴 틈 없이
젊은 놈 늙은 놈도 가리지 않고 요사를 떤 게야.

훤한 낮빛이 비추는 전신주 아래
고년의 몸뚱어리 숨길 데 없었던 게지.
뜨거운 맛을 몰랐던 게지.

팔다리 움직일 힘조차 어느 놈에게 다 쥐어 주고서
뜯어진 저고리 사이 젖꼭지를 드러내고는
널브러져 잠이 들었네그려.

에이 고년 요사스런 년
몹쓸 년의 여름이 참 길기도 하네.

동학사 가는 길목엔

동학사 비구니 스님네들 예불공부
어이허야! 묘법연화경이 어렵다.
입으로는 천수경 가슴속에는 서방정토
귓전에는 서슬 퍼런 죽비소리에
스스로 진리를 깨닫는다.

앞집 처녀 바람난 듯
저마다 고운 색채로 자연이 옷 갈아입는
가을 발걸음 동학사 가는 길엔,
범종이 오묘한 소리로 인사를 건네고
고목에는 사랑 담은 소원이 이끼로 피어난다.

동학사 가는 길목엔
겨울에도 메마른 가지마다 흰 꽃이 피고
얼어붙은 은선 폭포에는 주렁주렁
우리네 인생 닮은 주름살 꽃이 열린다.

수많은 사람의 사연으로
발밑에 하나의 흙 알맹이마다
소원이 살아서 숨을 쉬면
그 옛날 남매 탑을 쌓은 사랑의 애틋함도
다시 피어나겠지!

조도의 기다림

조도가 보이는 바닷가
구름이 지나다 시샘하며 잠시 쉬어가는 곳에
코발트 빛 지붕, 새하얀 벽으로 치장한 집을 짓겠습니다.
빨간 대문 앞에 내 마음 닮은
까만 우체통 하나 세워 두겠습니다.

하루를 지켜보다 뉘엿뉘엿 넘어가는 햇살 따라
그저 지나가는 바람에 저녁을 묻어버리며
그렇게 딩신을 기다리는 나날

손대면 닿을 것 같은 쉼표 같은 작은 섬으로 서서
제 알몸 내보이지 않고
오늘도 잿빛 안갯속으로 숨어버리는 당신입니다.

비릿한 갯내음에 한 점 바람으로 비틀거리며
쓰러질 듯 위태롭게 서 있는 섬 바위 가슴처럼
빼곡히 자리 잡은 남루한 행색의 상흔(傷痕)만이
오지 않는 당신 소식을 흔들어 보입니다.

그리움이 묻어버린 추억 사이로
기다림의 시간이 아쉬운 눈물바다가 되어도
쓸려나간 흔적만이 모래 위에 머물 뿐입니다.

바다는 아픔을 안다

제목 : 바다는 아픔...
시 : 김락호
낭송 : 박영애

바다는 천상의 선율을 따라 출렁이고
음계를 타는 소라는
모래 위에서 푸른 파도의 쓸쓸함을 담는다.
느릿하면서도 심장을 두드리는 파도소리가
조용히 그리고 서서히 나를 향해 다가온다.
파도에 실려와 귓불을 간질이던 바람이
내 속에 또 다른 나를 깨우고,
허무한 눈동자를 가진 허상의 나는
서서히 잠속으로 빠져든다.

잠든 내 곁으로 바다는
갈매기의 날갯짓조차 찾은 적 없는
길 하나 만들어 놓고
잠에서 깬 나를 밀어 넣는다.
그러다 차가운 빗줄기 쏟아 내리며
그 길마저 지워버리고,
내게는 또 아무 일 없었던 것처럼 가던 길을 가라 말한다.

26

살간스럽게 사랑스러웠던 적도
각혈을 하며 소리 내어 울지 못했던 것도
그저 스치며 지나가는 삶의 무덤인 것.
짜발량이 되어버린 잠든 청춘아!
자리끼 한 사발에 목구멍 추지면 무엇하리.
콩켸팥켸 되어버린 인생…
그 중간에서 뒤엉킨 이별은 바다의 품으로 돌려보내라.

바다는 살아서 슬픈 모든 것을 올려다보며
죽어서 눈감아버린 모든 것을 내려다본다.
바다는 지금까지 살아온 나를 보내라 하고
내 속에서 새로 태어난 나를 마주하라 말한다.
바다는 아무 말 없이 나를 바라보고
나는 가만히 잠든 나를 업고 그 속으로 걸어간다.

멍든 하늘에 던진 혼돈

바람이 매섭다.
하지만 잔설은 그저
귀신이 춤을 추듯 그렇게
리듬에 흥겹다.

걸망을 짊어지고
무심한 듯 무덤덤하게 선
한 그루 황금 송은
시간 저쯤에서 흰색이다.

푸른 솔가지는 흰 눈을
짊어지고서야 더욱더 푸르고
회벽 하늘은 푸르름을 먹어버렸다.

흑과 백 사이에 선 혼돈에서
하늘을 이고 나는 것이
까마귀이든, 고니든
이제 와 내가 탓할게 무엔가.

시절도 모르고 피어나
얼어 죽는 개나리처럼
비천함이 되지 말고,
눈 속 얼어 갈라진 나무 틈을 뚫고
꽃을 피우는 겨우살이처럼
벗에게 봄이 옴을 말해주자.
그리하여
지난겨울에는 고픈 배를 속이려
긴 잠을 잤다고 귀엣말로 말해주자.

죽음을 위한 연가

사람의 넋, 사령(死靈)
생명이 있는 빛 물리적 실체
육신은 무겁고 영혼은
하늘을 난다.

살아온 삶
잘리고 밟히다
평온함을 잠시 안으려 뿌리내리면
먼저 온 넋들의 몸살에
부러진 질경이풀이 되고 만다.

생채기와 피투성이 알몸
갈증과 한만스러운 인생
아낌없이, 서슴없이
다 벗어 버리고
흙과, 물과, 나무와
햇볕의 처음으로 돌아가
자연이 되고픈 영혼.

겨울 가지에서 떨어지는 낙엽 따라
하나씩 떠나가는 나이가 되면
그때 나 돌아가리라
다른 이를 밟지 않고
발자국도 남기지 않는 새가 되어 돌아가리라.

한밤의 독백

네가 없는 오늘 밤은 참 깊구나.
시리도록 아픈 밤이 팽팽한 고무줄처럼
질기게 나를 잡아당기니.

지금 내게 필요한 건 커다란 지우개 하나.
무쇠로 만들어져 있는 줄 알았던 심장에
전원이 켜진 듯 그리움이 아려올 때
삭일 수 없는 그 그리움 어찌할 수 없어
쉽게 지워버릴 수 없음이니 말이다.
그래 오늘은 너에 대한 내 사랑을
물음표 하나로 대신하련다.

온 밤을 그렇게 눈뜬장님으로
그리움, 보고픔에
침묵의 촉각을 사각거리게 지새워도,
제 스스로 슬픔인 줄 모르고
바쁜 걸음에 다가온 텅 빈 아침이
검푸른 어둠의 문고리만 잡은 채
숨죽인 나를 힐끔거리는구나.

늙어 버린 고향

가을을 거닐어 바람이 묏등을 넘었다.
엊그제 저 멀리 울어 재끼던 뻐꾸기 소리
아직 귓전에 머물며 짝을 찾는데,
산중 턱 비탈진 콩밭 고랑 속에는
딱딱 소리 내며 벌어진 강낭콩
토실하게도 익었다.

젊은 어무이 돌밭에 삼 남매 뉘어놓고
햇빛 가리개로 심어두었던 감나무는
또 언제 저리도 컸는지,
이제는 내가 아닌 내 아이가
누런 홍시 따달라며
바짓가랑이 잡고는 떼를 써댄다.

저 멀리 서 있는 앞산은
어제나 오늘이나 매 그 자리인데
눈 한번 껌뻑하며 두리번거렸더니
십수 년이 흘러가 버렸다.
계절만 쫓아가다 보니
세월이 먼저 늙었나 보다.
어무이 정수리에 허연 서리가 수북하다.

홀아비의 추석

세월에 늙어버린 뒷동산
곱게 분단장하고
한껏 자태를 자랑하던 너도
옷을 갈아입는구나.
몰래 훔쳐보는 내 눈에는
폐경을 맞은 아낙네의 투정뿐이다.
세월이 헤집고 간 텅 빈 자리
숫처녀의 알몸처럼 갈증뿐이다.
핏기 잃은 긴 여로 외로움에 쉼 없는 한숨
허공에 대고 칼질을 한다.
오늘도 늙은 어미는
부엌에서 며느리 손을 기다린다.

묘비명(墓碑銘)

제목 : 묘비명
시 : 김락호
낭송 : 김락호

삶의 멍에를 벗어버리고 쓰러질 때쯤
흔들거리는 술잔이 시궁창보다 더 더러운
너의 양심에 불을 지르면 너는 보아라!

씁쓸하고 눈물짓게 하는 이 삶 속에서
가슴속에 흘려야만 했던
혈(血)의 눈물을 감추고.
무엇을 담으려 오체투지의 몸짓으로
육신을 불태워 그 고통 앞에
너의 혼을 앉혀야만 했는가.

보이길 거부해 버린 자아를 찾아
무거운 발을 옮겨야만 했던 너는,
환희의 빛과 어두움의 사이에서
살아 있으면서 죽은 줄도 모르는 동행자와
둘이면서 하나인 또 다른 너와
함께하고 있음을 깨달았으리라,

너는 이제
피와 눈물과 빗물이 하나였음을 알았음에
너에 묘비명(墓碑銘)에 서사시(敍事詩)를 쓰리라
너무 많아서 볼 수 없었던 삶의 이야기를
무필(舞筆)로 비틀어 서각으로 남기리라.

빛이 있었기에 너의 그림자가 있었다고…….

현대판 흥부전

아들놈보고 야 공부는 쪼금만 하고
좋은 친구 많이 만들어라
이놈 하는 말
아버지 그럼 삼촌처럼
깍두기 돼요
저는 열심히 공부해서
교수 될래요 하던 놈이
요즘 식당에서 아르바이트를 한단다
이놈아 공부나 하지 뭔 아르바이트냐
여자 친구 선물 사주려고요
하기사
그렇지,
나도 그때나 지금이나
여자라면 자다가도 눈을 번쩍 뜨니
어쩌면 생긴 거는 달라도
내 아들임에는 분명한가 보다
아들아 이제 너는
세상 가장 높은 곳에서 네 몫의 꽃을 피워라
난 오늘 내 몫의 박을 타련다.

만만찮은 인생

삶과 사랑 사이엔
붉어진 땀방울이
굴렁쇠처럼 구른다.

헐레벌떡거리며
뛰어온 청춘이
혼잣말을 한다.

지금 임신중독이야
불혹을 잉태하고
젊음을 되새김질하는 거지.

바닷가에 사는 놈도
빌딩 밭에 숨어 사는 놈도
태풍이 불면 비 맞는 건 똑같더라.

나는 오늘도 습관처럼
푸른 바다를 향해 차를 달린다.

별빛 그리움

바라보지 않아도
너는 거기서 하얀 꽃밭을 이룬다.
아름답다고 예쁘다고 널 꺾을 수도,
시들었다고 버릴 수도 없다.

거기서 그렇게 너는
환한 별 밭을 이뤄
오늘도 미소 띤 빛으로
우리 사랑을 꿈꾸게 한다.

너를 바라보는 내 눈엔
하얀 그리움 하나 떨어진다.

밤바람에 제 살끼리 어루만지며
구슬픈 풀잎 노래 흐르면
가슴까지 젖어오는 그리움에
애써 눈을 감는다.

물과 빛이 없어도
사랑 그 하나만으로
따스한 달무리와
까만 하늘을 잔잔한 그리움으로 색칠한다.

시에 대한 욕기(欲氣)

머리가 뒤틀린다.
가슴에는 시퍼런 멍이 들었다.
왜 날 때리나
내가 뭔 미친 짓을 했다고
널 사랑한 죄뿐인데.
지금 난 너에게 매질을 하려 한다.
내 진실한 삶의 흔적과
무덤까지 가져가야 할
허위(虛僞)적 어울진 삶을
투닥투닥 때려 폭행한다.
내 욕구를 채우기 위해
혼자서 쌈닭처럼
말꼬리를 놓치지 않고
에리한 인이로 찍고 찍히며
눈에 보이는 모든 것에
주제를, 의미를 부여해 간다.
그렇게 생명을 넣어
널 내 것으로 만들기 위해서
오늘도 헛된 욕망에
이 순간
목숨을 걸고 널 출생시키려 한다.

흑해(黑海)

비 오는 저녁 바닷가에 홀로 섰다
저 검푸른 바다를
그 무엇으로도 서술할 수 없다.
온통 기분 나쁜 잿빛투성이다.

하늘도
섬도
끝없이 펼쳐진 바다까지도
공간을 뚫고 교교(驕驕)하게 날 협박해 오고
온갖 인생들이 남겨놓은 수다에
성난 파도는 공허함에 내 가슴을 찰싹거린다.

검은 잿빛은
작은 불빛 하나까지 모두 삼켜 버렸다.
목구멍으로 넘어오는
검은 바다는 나를 어둠으로 침식시킨다.

감각을 잃어버린 청춘

흐르는 것이 세월이라 한다지만
내 심정에 아무런 대꾸도 없이
무심히 흐르는 세월이 얄밉도록 서럽다.

껴안아 보듬어도 그득한 행복 느낄 수 없다.
채우고, 채우고 또 채우는 이 시간 속에
성가신 더위 하나 턱 하니 자리한다.
목 줄기로 태산 같은 불덩어리만 꿀꺽이고
벼 이삭 묵직한 고개를 까닥인 이제서야
조각난 그리움 하나 달랑거리며
저만치 말 없는 걸음으로 터벅거리며 간다.

먹어도 시원찮고, 버려도 시원찮을
믹을 수도 비릴 수도 없는 세월.
8월의 어느 한적한 새벽 귀퉁이에서
쓴맛 감도는 한 잔의 소주잔 기울이며
한 개비의 담배 연기만 목구멍에 흘려보낸다.

청춘이 돌아올 리 만무하기에…….

입에 문 혀를 깨물었다

어지럽게 꼬이고 비틀려가는
삶의 골짜기에서 꼭꼭 숨겨둔 입맞춤.
아무에게도 보여주기 싫은 너의 진실은
벼락같은 너의 입술에 겁탈당하고 말았다.
너의 그 짧은 혓바닥에 진실은 희롱당하고
이빨마저 뽑혀 버렸다.

때 묻은 너의 말을 내 목구멍에
주워 삼키고
헝클어진 언어들을 빗질해
넝마 바구니에 주워담는다.

쉬어버린 목청으로 노래하지 마라
언변의 속임으로 얼굴을 가리지 마라

너 또한 진실은 사랑이다
섧디 설운 꽃으로 피우지 말고
너의 골수에 숨겨둔 해안으로 참사랑을 보라
그리하여 삶에서 사랑으로 사랑에서 동반까지를 염원하라

현실의 허와 실

꿈과 현실의 혼돈에서
내가 먹히지 않으면
네가 나를 먹어버리는
아마존의 정글 법칙이
빌딩 숲 속을 사는
오늘의 우리를 흔들고 있다.

작은 애벌레 같은 소시민들은
규칙을 앞세운 개미군단의
집단구타에 스러져가고,
개미들 또한
더 큰 눈동자의 포식자를 위한
하루 거리에 시간을 잠식당하며,
결국엔 모든 것의 위에선
하나를 위해 내 인생을
저당 잡히며 사는 오늘.

죽지 않으려 산다.
먹히지 않으려 산다.
너의 위에 강한 자가
되기 위해 산다.
그러면서도 아이러니한
행복을 꿈꾸며
나는 이 현실을 살아간다.

너와 내가 공존하는 바다

육지와 바다가 공존하는
질펀한 갯벌에
내 삶을 잠시 묻어둔다.

거친 바다엔 물 톱이
기억하기 싫은 내 삶 속
애환, 환희,
한 맺힌 잠재의식을
하나, 둘 썰어 내듯
톱질을 해댄다.

묵묵히 이 자리에서 이대로
세월의 지문 각인시키며
이별과 만남의 세월 속에
수많은 사연들을
물비린내로 씻어 내린다.

너와 나, 나와 너
각기 다른 사연을 얼싸안은 채
힘겨움에 헐떡이며 달려와
해변에 길게 누워
허기진 수포만 되새김질해댄다.

오늘은 이야기하고 싶다

너와 나 서로 대칭하는 상념
말초신경을 자극하는 손짓
마음 한구석에 떠도는 욕정
지독한 사랑놀음에 타버린 육신
내 안의 상처가 여물지 않는 혼란

이 모든 것이 자연과 하나이듯
떠나가는 사랑 타령은 현실이다.
지금 내가 이 자리에 서 있듯.
새로 오는 사랑은 거울 속에서
시커먼 그림자를 거느리고 애착만 키워간다.

한여름 밤의 꿈

온밤을
불꽃처럼 타오르게 하는
열띤 정열이 나를 휘감는다.

폐 속에서 흘러나오는
거친 호흡 사이로
가늘게 들려진 그녀의
허리가 하늘의 리듬을 탄다.

어둠에 온몸을 더듬고
끈적한 사랑의 밀어로
그녀의 귓볼에
애무의 정을 흘려보낸다.

살짝 감은 눈
미세한 떨림으로 벌어진 입술
'아~'
욕정의 메아리가 온몸에 파고든다.

등줄기를 타고 흐르는
땀방울의 강을 타고
내 몸은 더욱더
그녀의 품속으로 깊어만 간다.

뜨거운 입김은
거친 호흡으로 욕망을 불태우고
욕정이 휩쓸고 지나간 자리엔
밤꽃의 향기가 춤을 춘다.

나른한 만족감에
그녀와 나의 사랑은
깊은 잠 속으로 여행을 떠나고
조용히 맴노는 향기가
방안의 정적 속으로 내려앉는다.

애욕의 꿈

밤기운이 발끝까지 저려온다
인간의 본능이 살아 있음이
온몸 구석까지 젖어들면
철저히 혼자인 것이
심장의 두드림을 멈추게 한다.
그녀와 함께한 환락의 시간
그녀의 가슴팍 깊숙이
파묻은 내 얼굴
봉긋한 양쪽 유두에 취해버려
영혼까지도 팔아 버린 시간들
온 방을 가득 채운 혼미한 언어들이
막혀 버린 고막까지 파괴시키며
육신에는
애욕의 강이 흘렀다.

그때 그 순간의 사랑으로
목말랐던 갈증을 그리워하며
이 밤
내 또 다른 영혼은
어둠에 숨겨진 새로운 사랑을 찾아
욕망을 꿈틀거리고
최면에 걸린 욕망은 집착되어
사랑을 잉태하며
타는 듯한 욕정을 감싸 안는다.
거친 숨소리가 들려온다.

사랑과 이별법

살아서 어둑하고
죽어서 명료하기만 한 사랑
떠나가는 사랑을 위해
이별 노래하지 말자

새로 오는 사랑을 위해
자리를 비워 놓고
사랑받기를 원하지 말고
떠나갈 조건을 만들지 말자

삶이 괴로운 사람은
사랑을 원하면서도 사랑을 하지 못한다.
내가 사랑한 만큼
미움이 씩트게 두지 말고
또 다른 사랑을 나누어 심자

이별과 싸우지 마라
외로움과 서러움이 찾아오면
내 인생과 삶이 멈추기 시작할 터

사랑이 찾아오면
마음을 속이지 말고
변명이나 가식 없이
최선을 다해 또 사랑을 하자

타다말진 부디마소

나는 지금 형형할 수 없는
애욕(愛慾)에 빠져 가랑거리며
희뿌옇게 되살아나는 사랑 때문에
온몸에 근육이 이완되어 갑니다.
하얀 피부, 거친 호흡, 긴 머리에
반쯤 가려진 그대의 눈 속에서
시각적이며 촉각만으로
사랑을 불 질러 모든 것을
태우던 순간을 집어삼키며
지금 나는 당신을 애무하고 있습니다.
사랑하면서 현명할 수는 없는 일
당신과 내가 함께 한 광란은
행복한 정열과 환희였습니다.

나의 사랑이여!
우리 인생에 육신의 불을 피워
마지막 한 줌까지 남김없이 다 태워
재가 될 때까지만 사랑합시다.
만일 우리의 사랑이 쾌락만 있다면
애정은 죽어버릴 것이며
당신과 나 서로의 자애(自愛)만이
일그러진 가면 속에서
미소 지을 것입니다.
하지만 우리 사랑이 비록
다 타버려 재가 될지라도
하나 되는 육신과 순수한 정신이
서로 애무하며 절정에 이를 때
난 당신을 사랑한다고 말하겠습니다.

봄의 그늘

지리산 바래봉 진달래꽃
소백산 도솔봉 철쭉꽃
꽃사슴 눈망울 같은 금강초롱마저
산을 이별하고 타향살이를 한다.

자연에서 꽃 피우고 열매 맺고
시린 날엔 쉬었다 가고
산과 들과 하나가 되어 화합으로 살았던 들꽃이련만

두터운 손에 뿌리째 뽑혀
아파트 정원으로
화분으로
어느 꽃집의 전시장에 진열되었다
들꽃이 화초가 되어 부대끼는 세상.
꽃이 시들면 그저 쓰레기통 속으로 처박힌다.

김소월 시인은
앞산 소산에 피어난 진달래꽃을 보고
시를 쓰고 그 산에 걸려 있는 달을 보고
이름까지 소월이라 했다.

시인은 이제
난지도 버려진 쓰레기 속에서
죽지 않고 살아난 꽃을 보고 시를 써야 하나

비애(悲哀)

오늘처럼 비가 오는 날이 좋습니다.
마음속 가려진 슬픔을 목 놓아
큰 소리로 울어도 아무도 모르니까요
온통 눈물 섞인 비가
애증의 강을 이루는 이 거리를 걷고 있습니다.
복받쳐 오르는 슬픔은 온몸에 전율해오고
남들의 시선은 아랑곳없이 그저 나 혼자만의
사색 속으로 걸어갑니다.
광인이라 손짓해도 내 가슴 속에 감춰놓은
그대의 사진이 다 해진다 해도
난 지금 이 순간 표현할 수 있는
모든 감정을 동원해
가장 슬픈 얼굴로
가장 애절한 표정으로
지금 이 빗속의 거리를 걷고 있습니다.
가슴속에 삭혀야 하는 아픔이,
통곡이
허공에 매달려 서러운 비가 되어 흘러내립니다.

무, 유(無, 有)

나(自我)를 버리고 모든 것이 된 그를 생각한다.
욕심이 부른 탐욕에서
마음에 메아리치는 갈망을 잠재우고
우쭐대는 지식의 구렁텅이에서
만물의 최상위인 나(自我)를 불사르고
그는 산이 되었다.
구름이 되었다.
개미가 되었다.
나(自我)를 주워 먹던 바퀴벌레가 되었다.
모든 것의 위에서
모든 것의 아래까지
나(自我)를 버리고 그가 택한 것은 또 다른 그 모든 것이다.
버리고 얻음에서
세상의 원안에 하나만을 존재케 하는
그의 자아는 우주이다.

가끔 욕심이 나를 옥죄일 땐
털어버릴 수 없는 허탈감으로
그와 같이 될 수 없는 나를 단죄한다.
가질 수 없는 세상을
바둥거리는 나를 단죄한다.
내 안에 나를 가둔다.

함구(緘口)

얼굴에 가면을 쓰고 마음속에는
타다 만 숯덩이로 채워진 진실
타인을 바라보는 하얀 미소
함구해 버린 입술 뒤엔
거대하게 가려진 현실
본질의 깊은 곳에서 허우적거리며
모든 것 서서히 파멸시킨다.
가면을 썼지만, 본래의 모습인 양
마음은 숯덩이지만 형체도 없는 듯
거짓된 삶은 성난 파도처럼
사나운 거품으로 무섭게 날 학대한다.
천국 같은 광명을 보기 위해
간척해 가는 내 삶 앞에
썩어가는 웅덩이 물은 빼야 한다.
이 엄청난 현실이 정해진 여정을 마무른다.

봄 햇살

봄 햇살이 내 마음을
꿰뚫어본다.
거짓과 진실이 공존함을
감추기 위해
난
나무그늘 아래 숨는다.

꽃을 심는다.

남몰래 봄 햇살 훔쳐다
사랑의 엷은 홍조로 피어날
나만의 꽃 한 송이 심어본다
억새기만 하던 겨울바람
꽃 바람이 되어 애무한다.
심장에서 끓어오르는
애상의 숨소리로 널 키운다.

손길 담아낸 꽃처럼
내 청춘 또한 그대의
앞가슴에 매달려 피어나
비바람에 소리 없이
시들어 떨어지지 않기를 바라며
꽃잎 떨어진 서러움에
눈물 떨구지 않기를 염원한다.

망념(妄念)

버릴 수 없는
자질구레한 주름들
망각의 세월 속에
번뇌는 꿈을 꾼다.

해 질 녘 도시를 떠나려니
알 수 없는 문장들로
단장한 네온사인 불빛이
저기 엎드려있는 산 위에
달빛마저도 병들게 한다.

병든 달이 싫어서
내가 산에 오른다.

시절을 먼저 아는 철새들 따라
나 또한 고달픈 껍질 벗어놓고
자책의 피 토함도 없이
덧없다는 참뜻을 안은 채
흉상처럼 눕고 싶다.

어이 오시나

정지에 앉아있는 까막솥
맹물 한 동이 퍼붓고
아궁이에 솔가지 처박아도
되라는 쌀밥은 간데없고
굴뚝만이 춤을 춘다.

아낙네야
벌겋게 변해가는 햇빛 속에서
님의 얼굴 찾지 마라.
까막솥이 눈물 흘리면
장에 가신 낭군님네 바삐 걸음 오시겠지.

세상에 버려진 돼지

너무 작아 흔적조차 없다.
구린 바람만 세상을 휘덮고
혼탁한 먼지는 안개처럼 내려앉는다.

불타는 아궁이에
던져둔 누런 감자는
까맣게 타들어 재가 되었고
눈 내리는 겨울밤
옹기종기 모여 앉아
껍질 벗긴 고구마 먹던 시절은
TV 속 세상이 된 지 오래다.

서글픔의 비가 내린다.
변해 가는 세월을 한탄하며
낮 비는 추적거리고
나는 온종일 허우적거리는
물통 속에 빠진 돼지가 되어 버렸다.
도시를 질주하는 돼지는 오늘도
구정물 속 흰쌀로 살찌워만 간다.

여왕의 대관식 (김연아)

평창 언덕배기에 터를 잡고
설화가 눈 속에서 피어나기를 우리는 기다리고 있었다.
대관령 고갯마루 선자령(仙子嶺) 언저리에
눈 폭탄이 떨어졌다고 한다.
꽃사슴과 토끼 한 마리가 실종되고
멧돼지 한 마리는 눈 속에 갇혀
구조요청을 한다고 바보상자가 말 한 지 며칠 지나지 않았는데.

이런 제기랄……!
바다 건너 얼음판 위에서 제임스 후이시라는 코쟁이가
대한의 꽃사슴들한테 또다시 테러를 가해 발목이 부러졌고,
꿈도 깨졌다고 한다.
막걸리 집에서는 좌절된 꿈을 쐬주에 섞어
목구멍 속으로 들이붓고 있었다.

하지만
테러가 지나간 자리에 파랑새 한 마리가 날기 시작했고,
세상에서 가장 아름다운 몸짓으로
바닥을 치고 하늘로 날아오른다.
수많은 인간에게 희망의 순간이
어떤 감동으로 다가오는지를 보여주고 있었다.

미국 언론사 NBC 방송사에서
칭찬과 감탄을 쏟아내며 이렇게 말한다.
Oh! My God!!!
Oh~beautiful!!! perfect. 라는 단어밖에 모르는지
산드라 베직이 기초영어를 가르친다.
스콧 해밀턴은 경의를 표하며
파랑새의 날갯짓에 언어로써 표현할 수 있는 감탄사를
이어가질 못하며 부러움에 목청을 떨고 있었다.
침묵 속에서 선율을 따라 나는 우리의 파랑새를 보며
탐 헤먼드가 외쳤다
"지금 우리는 세계여왕 폐하의 대관식을 보고 있습니다.
여왕 폐하 만세"라고…….

파랑새는 대한민국뿐 아니라 전 세계의 인간들 앞에서
눈물에 감추어진 아름다움과 꿈을 그리고,
희망은 파랑새가 날면 볼 수 있다는 것을 보여주었다.
여왕 폐하의 대관식은 피와 눈물이 섞여야만 볼 수 있는
환희며 지난날 흘렸던 땀과 눈물이 빙판이 되고,
눈보라 속에서도 피어나는 복수초가 될 수 있음을 보여주었다.

이제 우리는 준비한다.
평창의 굴곡진 마을 어귀마다 오륜기가 펄럭이는 그 날을…….
김연아 만세!!! 대한민국 젊은이들 만세!!!

유리창에 숨겨진 비밀

성에 낀 창가에
손가락 한 마디
곧게 세우고
마음속 담아둔 말
써내려 갑니다.

맑은 도화지 위에
연필로 획을 긋듯
하얀 유리창에 쓰여진
사랑해!

이 마음 혹여 들킬세라
몇 초도 되지 않는
아주 찰나의 시간만을
각인시킨 채
거친 손가락 붓 터치 뒤로
숨겨버리지만

내 맘에 드리워진
당신의 존재는 늘 이렇듯
짧은 순간마저도 그리움으로
목 메이게 합니다.

삶의 여로

거친 들녘
물기 소진한 풀 잎사귀
겨울 회초리에 성마른 기침을 토한다.

살 후비는 매서운 동장군 등쌀에
뒹굴다 지쳐 찾아든 구석빼기도
먼저 온 무리 눈총에
뒷걸음만 터벅거린다.

멋들어지던 젊음으로
세인의 찬사를 술렁이다
늙은 몸 정처 없이 떠난 방랑길.

하나에서 태어나
여럿이 사랑을 하다
또 다른 하나를 키워내기 위해
한 줌 흙으로 돌아갈 종종걸음에
허연 수의가 마지막 갈 길을 재촉한다.

발 뒷굽에서 으스러지는 아픔이
한 서린 통곡이 된다.

自然의 理致

마른 겨울이 버거워
두 눈으로 스며오던 현기증이
가슴을 덮는다.

빽빽한 잿빛 구름은
천지를 감싸려
소리 없이 눈은 나리는데
내 가슴은 낡은 기억 버리려
비 되어 흩뿌린다.

이제는 버려야 할 때

세상에서 가장 천한
망각의 동물인 듯
새것을 받들려
묵은 것에서 뒤돌아서는 일

땅속을 유유히 흐르는
수맥에 문 두드려
마른 들녘
힘차게 자맥질 치게 하고
손가락 끝 모세혈관에다
새 기운 수혈 받아
다시 일어서는 것

그 시간이 오면
당연히 해야 하는 일이니
멈추고 싶은 것에는
참 더러운 세상이다
허나 눈뜨면 어쩔 수 없이
섬겨야하는 시간의 순리라
따를 수밖에

자연의 현상

이 세상 모든 것이
자연의 순리인가 봅니다.
성마른 나뭇가지들
메말라 버려 버스럭대던 풀잎도
어떻게 아는지 제철이 되면
꽃이 피고 잎이 돋으니 말이죠.
아주 정확하게
때를 맞추어 모든 수단을 동원해
생존 그 자체를 이어갑니다.
달빛과 햇살의 변화와 온도로 피는 꽃
낮과 밤의 길이를 감지하여 피는 꽃
때가 되면 주변 여건 상관없이 피는 꽃
그저 바라보는 사람의 눈에는
사랑, 이별, 슬픔, 행복의
표현으로 쓰여 지는 꽃

그 꽃을 피우는 식물에게는
그것이 곧 번식을 위한
최대한의 생존이요 사랑인 것을…
자화수분(自花受粉)으로 꽃을 피우든
타화수분(他花受粉)으로 꽃을 피우든
목적은 하나
내 몸을 희생해서라도
사랑의 열매를 맺기 위함인가 봅니다.
자연의 위대함은 이렇듯
서사시와 같은 것인가 봅니다.
알 수 없는 자연 속에도
그 이치와 정해짐은 순리를 따라가나 봅니다.

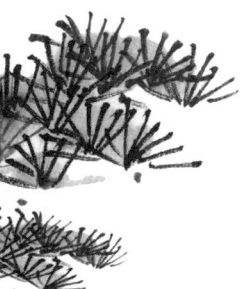

평송이여 (축시)

평송의 푸른 낭만은 오늘도
젊은 그네들의 정신을 감싸 안으리
절망과 암흑의 세월 속에서도
숙명처럼 오롯이 걸어온 외길
빈 죽정이로 욕심의 구렁텅이에
세상의 허울만을 쏟아 버리기보다
한 알의 열매일망정 우주의
깊은 뜻으로 싹 틔우길 열망했던 영혼
그 마음의 열정을
뉘라서 버릴 수 있으리까!
그 소박한 갈망을
뉘라서 따르지 않으리까!
굽히지 않는 곧은 패기가
넉넉한 가슴에서 날아오를 수 있음은
그대, 평송의 혼이
세상을 푸름으로 빛나게 하기 때문이리니
평송이여!
순수한 영혼들의 안식처여!
미래의 빛으로 세상에 기억되리라.
청소년의 젊은 빛으로 영원히 타오르리라.

허락되지 않는 사랑

무상에 젖어
힘없이 창밖을 보다
떨어지는 가랑잎 속에서
너를 본다.

허락되지 않은 사랑이기에
신의 영역이라도 침범해
널 가질 수 있다면
내 좁은 가슴에서
뒤채이는 너 때문에
울지도 않을 것을.

영혼만이 뒤엉킨 채
손닿지 못하는
너와 나의 사랑
피 흘림의 아픔보다
더 짙은
향기마저 없는
우리의 사랑이란 말인가.

광대들의 합창

촌구석 장터를 떠돌던 광대가
명동성당에서 잔치가 있다기에
쫄쫄 굶고 잰걸음으로 달려갔던 게지

서울 사는 광대들이 촌구석 광대와
서울 나들이에 나섰던 게야
여기저기를 떠돌던 광대들은
개울 옆에 앉아 수다가 한참이었다네.

촌 광대는
광교 다리 밑에서 벌거벗은 채 목욕하는
붕어에게 물었지

여기가 어디더냐
촌놈, 청계천이지.
누가 지어준 이름이더냐?
쪽발이가 개천으로 지었다가, 청계천으로 바꿔 불렀지
옛 이름은 무엇이더냐?
청풍계천(淸風溪川)이지.

촌 광대 서울 나들이에 부푼 꿈은 사라지고
호화찬란한 거리가 되어서도
잃어버린 옛 이름 찾을 길 없어
청계천이라는 단어에 탄식이 흐르는 것을 어이할거나.

광대여! 광대들이여!
우리의 노래를 부르세.
잃어버린 옛 그리움 찾아
너와 나, 우리가 되어.
수십만의 하모니를 만들어 가세나!

님 소식에

밤새 먼 산에 울어대는
겨울새 울음에
아침엔 뽀얀 백옥 단장한
손님이 오실 줄 알았더니
나무 끝마다 겨울새 눈물인 듯
빗방울 투명하게 하늘을 담았다.

가을인 듯 봄인 듯
내 기다리는 님은
기척도 아니 하고
구름 속에 가리셨나
바람 따라 떠나셨나

찬 서리 옷깃 적시면
온다던
그리운 님 소식에
까치발은 삽짝 문 벌써 향했는데
소원한 님 무소식에 젖은 발만 동동거린다.

그리움마저 보낼 때

하얀 서릿발
앙상한 가지 위에 스며들면
초겨울 밤바람은
소리 없는 춤사위로
차가운 겨울을 재촉한다.

가슴을 헤치며
침묵으로 쌓여 가는 기억들은
기약 없이 떠난
너의 모습 잊는 듯
흐르는 그림자에도 무심해지는구나.

네게 주었던 사랑과
남겨진 추억만으로 널
기억하길 바라진 말아라.

외로움 담아두고
떠나간 너이기에
이 밤 찬 서리에
내 사랑 모두 묻어 버리련다.

거친 발걸음
내게서 떠날 땐
버려진 내 그리움마저도 가져가거라.

사랑을 열망하다

현에서 울려 나오는
떨림

통 속에서 퍼지는
영혼을 실은 소리

입을 통해 숨소리처럼
내뱉는
사랑한다는
말
한마디

영혼을 팔아
사랑을 살 수 있다면
비어 있는 내 가슴에
사랑을 심어 놓을 것이다

목숨보다 더 질긴
나만의 사랑을.

헐벗은 사랑

당신이 계신 곳도 가을인가요.
오색으로 치장한
낙엽들은 태양의 조명 받으며
자기만의 색깔로 서 있겠죠.
우리가 같이 보았던 그 모습은 아니겠지만.

차갑게 불어오는 매서운 바람 따라
저 아름다운 낙엽도 훌훌 떨어져 버리면
산은 헐벗고 그 속살을 보이겠죠.
그러나 당신을 그리워하는 이 마음은
보여 드릴 수가 없군요.

흰 눈 쌓인 들판
내 그리움마저도 덮어 버릴 때
혹여 우리가 다시 만날 수 있다 해도
당신은 이미 다른 사람의 연인이 되어 있겠죠.
당신은 이미 떠났지만,
우리 사랑이 철부지 사랑이
아니었음을 잊지는 말아 주십시오.

어둠을 보내며

절벽 송 가지위로
차가운 달의 환영은 춤을 추고
외로운 부엉이 울음소리는
밤의 음기 속에서 그리움을 키워
내 가슴에 젖어든다.

언덕배기 지펴놓은
모닥불 휘젓고 지나가는 밤바람 따라
뒤엉켜 비틀거리는 내 지난날 군상(群傷)들이
너울거리며 산을 휘감은 채 거칠게 포효한다.

고요가 서리는 이 어둠 속으로
온몸에 재워놓은 아픔의 씨앗들 털어버리고
아침이면 타오를 태양의 화덕 앞에
외로움과 슬픈 인연의 고통을 불살라
기쁨이 솟아날 대지 위에 입맞춤하리라.

난 말야!

난 말야!
낮에는 햇빛 아래 숨어 있는
세상을 보며 살았고
밤에는 달빛 아래 춤추며
외로운 사람끼리 손잡고
그리워하는 것을 보고 살았어.
그냥 그렇게 생각하며 살았어!

내 육신이 아파
침대에 누워 천장에 온갖 세상 그려가며
지나온 내 세상도 그려보니 참 더럽더군.
그런데 말이야.
더럽고 추한 세상이 다시 보고 싶어졌어.
추함 속에 사랑이 있었고
더러움 속에 그리움도 배어 있기에
나만의 세상에 망치 하나 들고
다시 시작하고 싶어졌어.

이별한 마음

마음이 차가운 사람은 사랑을 알지 못합니다.
마음이 따스한 사람도 사랑을 알지 못합니다.
마음에 가득히 사랑을 담은 사람도
사랑을 알지 못합니다.
마음이 비어 있어야 진정한 사랑을 알 수 있습니다.
그 마음 빈 곳에 사랑을 채울 수 있으니까요

마음 저미도록 사랑을 찾아
높이, 아주 높이 날고 싶지만,
마음이 그리운 날엔 꼭 찾아가리라
몇 번이고 되뇌지만,
마음이 서러운 날엔 그대에게 다가가
가만히 안기고 싶지만,
마음이 가장 외로운 이 밤
같이 웃고 같이 울어줄 그대는 더 이상 곁에 없습니다.

이 마음 죽는 순간까지
가혹한 존재로 남아있을 사람
날 사랑했던 그대도 힘들었겠죠?
아니 행복이었을까요
힘든 사랑인 줄 알면서 그댈
사랑할 수밖에 없던 난
눈물 한 방울 허공에 뿌리고
더 깊이 사랑하기 전에 그만둘 수 없었던 난
너부 많이 남은 사랑을 이제는
마음 깊은 곳과 뼛속에 묻어두고
이루지 못한 사랑에 나 역시도
그대만큼 아파하며 빈 가슴에 어둠만 채워봅니다.

진실과 정직한 사랑을 위하여

진실과 정직함은 누구나 쉽게 말을 합니다.
난 당신만을 진실로 사랑한다고
난 정직하다고 말이죠.
나만 믿으면 우리 사랑은 영원할 거라고 말을 하지요.
내 가슴을 드러내면 나와 공감하며
애틋한 소설 같은 사랑할 거라고 말합니다.

난 이제 더 이상 믿지 않습니다.
진실, 정직
그것은 외롭고 바람 같은 것임을
배웠기 때문이지요.
난 거짓과 모순에 가려진 예쁜 얼굴을 가진
사랑을 원하지 않습니다.

나에게 누군가 사랑을 약속 하겠죠
다시 사랑이 온다면
내 삶에
가슴앓이와 고통으로 얼룩이 진다해도
다시 진실과 정직에 맞서 싸우겠습니다.
사랑도 생각을 하며 진화하는 것이니까 말이죠.

내가 진실을 말할 때 당신은 날 진실로 받아줄 수 있나요?
그때가 되면 당신은 내가 의지할 수 있는
유일한 마지막 사랑이 될 겁니다.

사랑의 목마름

사랑이라고 부르고 싶은 사람
그리움에 목말라 까만 밤
하얀 새벽이 올 때까지
질투와 감시 속에 헤매이다
사랑으로 변해 가는 사람
당신을 사랑하기에
난 오늘도
몇 번이고 옷을 갈아입는다.

거리를 나서는 내가 싫다.
음과 양이 하나이듯
흑과 백이 하나 되듯
그렇게 당신을 향해
끌려가는 내가 싫어
초저녁 어설프게 뜨는 달이 동쪽으로 간다.

밤을 알리는 부엉이 울음소리에
찢어지는 아픈 사랑 몸서리치며
담배 한 모금에 그대 모습 대신 새벽이 온다.

버리며 얻은 너

천 년을 살아도
일그러진 일상보다는
해 뜨면 해를 바라보고
달 뜨면 달을 바라보고
비가 오면 비에 젖어도 보고
누구나 살아가듯 그렇게
같은 하늘 아래 오랜 세월 함께 숨 쉬며 살아다오

누구를 위해 사는 네가 아닌
나 아닌 나를 위해 살아다오
내 마음 속에 들어 올 때
시리게 아프고 눈물이 흘렀어도
내 마음에서 나갈 땐
소슬바람처럼 작은 흔들림으로
그렇게 떠나가 다오

네가 내 곁에 머무르기 시작 할 때
난 이미 너를 버려야만 했다
차라리 스쳐가는 바람의 인연이었다면
이렇게 쓰린 사랑은 아닐 터인데
가질 수 없기에
찢기는 고통 안고 살아가야 하는 불행.
그렇게 널 내 안에 버려두었다

버렸기에
내 가슴에서
영원히 살아 숨 쉬는 너.

고독한 삶

존재 자체의 의미나
가치가 없다고 느껴질 때
존재 자체가 없는 것일까
세상은
모든 존재의 의의와 가치가
나에게 주어지는 그 날이 오면
창을 하나 만들자

시커먼 벽을 헐고
깡통 쪼가리 두들겨 난로 하나 만들자
공사판에서 각목 쪼가리 주워 다
침대 하나 만들자
나만의 삶 속에 다른 누군가를 위해서

한량한 표면 위
혼자만의 삶에 얼이 빠져 있다가
문득 뒤돌아보면
이해관계와 감정, 욕망이 서로 얽혀있지 않은
그저 편한 그 누군가가 서 있길 바라며…

그냥 독백이다

어휴 비가 오고 지랄하네.
기분은 더럽고 뭐 딱히 할 일도 없네.
그냥 리모컨으로 자극적인 무언가를
사냥이나 해볼까
뭘까?
이 공허한 읊조림은,
잡을 것도 없네.

재떨이에 내 모습이 보인다. 헉!!!
확 비벼 끄면 되나 그럼 안 보이나!!!
젠장, 내가 나를 묶어버렸다.

발정 난 수놈이 난리를 치다
늪에 빠져버린 기지
나도 정말 징하다.

사랑의 행동

사랑의 행동은 전형적으로 유기체에 의한
어떤 반응이나 활동으로 정의된다 했다.
대다수 사람에 행복과 분명하고도 아주 강하게 관련된
유일한 생활 요인은 사랑, 결혼 그리고 일이라 했던가?
행복은 상대적인 개념이며, 행복을 보장할 수 있는
생활의 접근하는 방법이라 했다.

사람이 한 사람을 사랑하면서
나만의 사랑으로 만들려 한다면
그 사랑은 오래가지 못할 것이다.
내가 그를 사랑한다면 내 사랑을 버리고
그 사람의 사랑 속으로 들어가라
누구나 사랑은 아름다움에 고통, 슬픔 그리고
아픔 또한 동반됨을 잘 안다.
하지만 나만의 사랑은 그렇게 되지 않을 거라 믿는다.
괴롭거나 고통스러운 사고나 감정을
무의식으로 억누르는 그런 사랑이라면
아무도 그 누구도 빠져들려 하지 않을 것이다.

당신이 누군가를 사랑하면서 감시하고, 의심하고, 질투하며
상대를 분노와 적대 감정으로 대하면서도
그것이 사랑이라 할 수 있겠는가?
합리화는 수용할 수 없는 행동을 정당화하거나
뼈저린 실망을 최소화하기 위해 겉으로는 그럴듯한
변명을 만드는 것을 의미하듯
당신의 잘못된 사랑을 고집하지 말고
상대방의 사랑을 존중하라.

세상에는 각기 다른 수많은 사람이 있듯
개인마다 그렇게 고유한 자기만의 색깔이 있고
그것을 존중해 줄 수 있을 때
비로소 사랑이 성립될 수 있기 때문이다.

바닷가의 추억

은총 어린 파도소리는
흩날리는 물보라와
솟구쳐 오르는 포말로
형언하는 언어는 사랑이 되어
모래 틈 속으로 숨어든다.

함께하는 기쁨의 사랑은
찬란한 연둣빛 수평선 위로
바람의 노랫소리와
먼 바다 수평선을 날아가는
어선에서 펄럭이는
원색의 깃발 소리로 연주를 한다.

이제 내 심장이 두근거리는 소리로
살며시 미소 짓는 너의 입술에 입맞춤하고
너와 나의 가슴속 갈피, 갈피마다
한 겹, 한 겹 사랑을 새기어 놓는다.

오월의 수국은 예뻤다

내가 첫사랑을 만나러 간 그 집에는
담장 너머로 하얗게 피어 있는
꽃송이가 주렁주렁 매달려 있었다.

어떤 꽃은 그 애의 눈동자처럼
빛이 났고
어떤 꽃은 그 애의 볼따귀처럼
탐스러웠다.

그 꽃나무는 너무 큰 꽃을 매달고 있어
바람이 불면 흔들렸다.
그 애를 기다리던 그땐
그 꽃이 정말 예뻤다.

오늘 동창회에서 만난 그 애는
머리에 그 꽃을 달고 왔다.
첫사랑이 그리울 때
오월의 수국은 그렇게 탐스러웠는데…….

처음 느낌으로

당신과의 첫 시간
첫 입맞춤을 기억한다.

새벽 바다 수면위로
낮게 깔린 해무와
뿌옇게 밝아오는
새벽에 우리의 사랑은
그렇게 시작했다.

바람 속에 아직 발톱이 남아있는
겨울 바다의 끝자락에서
봄을 기다리는 꽃망울처럼
우리의 사랑은 행복을 꿈꾸며,
처음 순간을 잊지 말자 약속한다.

너를 그리며

너에 대해 말하라고 한다면,
내 두 번째 자아라고 할 거다.
너를 위해 희생하고,
희열을 갈망하는 고통은 사랑의 결실이다.

너를 잊지 못하고 못내 사랑하는 이유는
다 채우지 못한 그리움으로
가슴속에 무덤을 만들었기 때문이다.

호미곶에서 쓴 편지

시린 하늘은 파랗게 얼어붙어 있다.
차가운 바닷물에 햇빛 한 장 깔면
바다는 연주를 하고
지나던 어선이 춤을 추면
하얗게 야윈 바다는
임을 향한 그리움에 노래를 한다.

몸을 바닷물에 묻어버리고
우주를 들어 올린 우직한 손끝으로
명치끝에 숨겨두었던 사랑을 고백하고 싶다

갈매기 한 쌍이 영원한 사랑을 약속하면
파르르 떠는 화선지 위에 편지를 쓴다.
내 가슴을 문질러
새빨갛게 묻어난 보고픔을
사랑이라 부르는 임에게로 보내달라고.

젊음아 솟아라

뜬봉샘에서 콸콸 솟구치는 젊음아
너는 흘러 실개천 나루터에서 안주하지 말고
흘러라 흘러서 대천을 벗 삼아 구봉을 품에 안고
온 세상에 생명이 되어라
과거를 품고 미래로 흘러라

지체 않고 솟아오르던 힘찬 기운이
늙은이의 발밑에 이르러 조차
한 줌 불씨로 가물거리면
너는 떠올라라
천지를 머리에 이고 독도의 골골마다
그 위대함에 빛을 주어라

젊음아
젊음아 너는 울어라 소리 내어 울어라
너의 비통한 절규는 삶에 부스러기로 남겨두고
인생 예찬의 노래를 불러라
세상에 젖지 않는 사랑의 노래를 불러라

숨어 우는 낮달

너와 나의 삶은 아마도
고체였다가 천천히 녹으면서
액체가 되어버린 뒤에도 사라지질 못하고
그 흔적을 남기는 어떠한 원소인지도 모른다.

피카소는 말년으로 갈수록 똑같은 그림을 그렸다
그가 그리고자 했던 그 마지막 순간은
자신의 흔적 되어 세상에 살아남는다는 것을
그는 알고 있었을까

나도 지금 매일 같은 생각으로
늘 다른 사색을 하지만
결국,
하나의 그리움에 치를 떨며
늑골까지 깊이 새겨진 흔적들이 아파오면
어두움이 밀어 세운 불면의 침묵 속에 갇혀
살갗을 찢는 회한으로 몸서리치고 있는지도 모른다.

반문

제 몸뚱이 헐벗는 줄 모르고
손바닥만한 홑겹마저 벗어준 후에
너는 너를 위해 무엇을 가지려느냐.

자연을 노래하던
내 눈 속의 반짝임도
앙상한 너의 차가운 모습 따라
익마디 쓸쓸함만 담아버리고

한줄기 햇볕으로도
찬란한 오색을 자랑하던 지난날은
흘러 한 줌 흙이 되었거늘

뿌연 휘장 두른
차가운 안갯속으로
수줍은 너의 벗은 몸 잠시 숨을 죽인 채
이 겨울에게 너는 무엇을 기대하느냐!

다 버린 후에야
얻어질 자유를 갈망하는 게냐!

영원할 수 있다면

내가 당신을 불러주지 않으면
당신은 그저 타인일 뿐
당신이 날 가지려 하지 않으면
난 그저 이방인일 뿐
당신이 꼭 날 가져야만 하는 것도 아닙니다.
내가 당신을 꼭 버려야만 되는 것도 아닙니다.
소유는 곧 버림에서 얻어지므로

생각이 너무 많아 멈춰 서서
물끄러미 하늘을 바라볼 때
당신의 눈에서 시작된 작은 미소가
오월의 꽃밭에서 더 아름다운
백합이라 해도
당신의 모습 또한 영원하지 않습니다.
당신과 내가 늙어 죽기 전에
알아야 할 진리는 오직 그것뿐입니다.

애타는 발걸음

어디메서
찾아 들었나
마른 갈숲
오리떼들 한가롭다.

바람결
갈대 춤사위에
조막만한 몸 유유히
물살을 가르네.

쉬어갈 곳
정들어 노닐 곳 있어
파닥이는 날갯짓
너희들이 부러움이다.

발끝에 소란거리는
낙엽소리 애처로워
님 계신 곳으로
두 다리 재촉을 하여도
응답 없는 빗살 친 마음이
내 눈은 애타기만 하다.

인연의 고리가 질기다고 하셨나요!

백 마디 말보다 하나의 가슴으로 서로를 사랑하고
눈빛만 쳐다봐도 알아주는 사랑이 아닌
그 사람 이름만 떠올려도 가슴이 차오르는
그런 사랑하길 소원했습니다.
하루의 고단함을 한 번의 미소로 씻어내고
살포시 잠든 꿈속에서 따뜻한 입맞춤 나눌 수 있는
그런 우리가 되고 싶었습니다.

인연의 고리가 질기다고 하셨나요!

오늘은 작은 샛바람의 흔들림에도
가슴이 저려오고 문득 던진 한마디 말에도
허전함이 가슴에 박혀지는 아픔이 묻어옵니다.
완전한 하나가 될 수 없음이
오직 나를 위해 존재하는 그대가 될 수 없음이
차가운 겨울비 내리는 창가만 서성거리게 합니다.

인연의 고리가 질기다고 하셨나요!

평생을 사는 동안 그리워할
나의 또 다른 하나가 당신인가요?
오늘처럼 사랑이 외로운 날에는
이 질긴 인연이 사슬이 되어 당겨옵니다.
당신이 내민 손 머뭇거리지 않도록
내 믿음 한곳에 눈물 흘리지 않도록
오늘 단 하루만 따뜻한 가슴으로 보듬어 주십시오.
당신을 향한 내 사랑이 아파하지 않도록…

가슴으로 사랑해버린 그녀!

어느 날 은은한 향내로
사뿐히 걸어오며 미소 짓던 그녀!

아무런 약속 없이 사랑을 하고
미련 없이 떠날 줄 알면서도
가슴으로 사랑해버린 그녀!

혼자인 현실이 서러워
그녀 이름 입술에 머금고
식어 가는 커피잔 바라보며
그녀 소식 물어보지만
말없이 피어난 하얀 아지랑이만
하늘과 사랑을 나눈다.
오늘도 혼자여야 하나보다!

눈물 젖은 꽃

모든 꽃 다 진 줄 알았는데
가지 끝에 매달린 얼음 꽃
햇살 담뿍 머금고 눈물 흘린다.

홀로 아리따워
넋 잃고 바라보다
그만 나도 따라 울어 버린다.
그래도 너는 행복하여라
너를 바라보고
시 읊조리는 나라도 있으니

별빛이 눈뜨면
너는 다시 피어나겠지만
내 가슴에 피어나는
님 향한 그리움의 꽃은
뉘 있어 바라볼까!

한밤에 피었다
외마디 한숨 따라 지고 마는
형상 없는 기다림의 꽃은
오늘도 가슴 안에서 입술을 다문다.

겨울 바다에 눈 뜬다

겨울이 하얗다고 말했더냐!
온몸에 비릿한 소금기운 맡으며
잔잔히 흐르는 수평선을 바라다 봐

황금빛 노을 사이로
하얗게 변한 해가 넘어가는 광경
그 속에 하나의 점으로
그림처럼 낚싯대를 드리운
검게 그을린 낚시꾼의 표정 없는 얼굴

시린 겨울에 더 붉게 타오르는
바다가 내뿜는 정열을
내 온몸은 기억하려 움츠린 가슴을 연다.

욕정(欲情)의 불

바람이
노래하는 겨울은
하얀
설원에 펼쳐진
눈부심보다 빛나고

이 겨울이
돌아 흐르는 시간은
한여름 쏟아지던
뇌성우보다 강렬하며

내 혼에
잠들어 있는 너의 모습은
온몸에 흐르는
피보다 더 진하게 타오른다.

떠나는 자

떠나간 자에 모습은
향 내음 따라
하늘 저 높은 곳
신의 영역 침범하고

울고 짖으며 통곡하는 자
동공 사이엔
환생의 꽃이 떨어진다.

달빛 따라 삼혼이 흩어져
형상 없어 아픔도 모르고
슬픔도 몰라
뒤돌아선 비웃음인들 알 수 있으랴.

바람

행복이여
한겨울 시린 바람에
어느 귀퉁이
헤매나!
빈 마음 너로 채우길
원하는 나
차가운 가슴 동여매고
너를 기다린다.

흔적마저 보낸다

잃어버린 것들을 위해
흔적마저 버리기 위해
고독과 번뇌하는 것을
병처럼 소유하고 살아온
내 젊은 날의 빈 곳을
이제 너에게 주려 한다

네가 아름다워 사랑한 죄로
칼날보다 더 날카로운 이별을
나에게 보답하던
네가 미워서가 아니다
이제는 비워야 될 내 거친 영혼을
깨끗하게 단장된 고운 얼굴로
세상의 밝음을 이야기하던
너의 아름다움에게 보내기 위함이다.

너로 인해 삶의 시행착오와
사랑의 환상과 아름다움을 뜨겁게 깨달았기에…

너를 사랑하는 건 아픔이야

멀리서 널 바라보는 건 쉬운 일이야
그냥 하늘 흐름에 네 몸을 두둥실 띄워
아주 조그만 점으로 서 있는 너일지라도
나는 어디서든 너를 알아볼 수 있기 때문이야

가까이서 널 바라보는 건 쉬운 일이야
네가 날 바라보며 무슨 생각을 하는지
홀로 고픔에 쓰라려 약해져 있지는 않은지
손 뻗으면 내 품으로 끌어당겨
무엇이든 내가 가진 것 건네줄 수 있는
눈앞에 서 있는 널 사랑하는 건 쉬운 일이야.

하지만

닫힌 네 맘을 두드리는 건 힘든 일이야
멀리 있어 그리워할 사랑도
가까이 있어 품을 수 있는 여유도 주지 않는
허허한 마음만 가슴으로 삭여야 하는
감은 눈 닫은 가슴이 벽이 되어 돌아서 버린
멈춰진 네 맘이 그래서 나에겐 아픔인 게야

나는 홀로 숨 쉬는 이 섬을 찾는다

살아서 슬픔도 많아
기어서 찾은 겨울 바다
색감을 몰라 표현할 수 없는
내 머리통 속 같은 노을빛
유식한 놈은 낙조라 하고
난 저 빛이 사라지면
묵을 곳 찾아야 하는 나그네일 뿐

맛도 모르는 소주 한 병 나발 분다.
섬아 너도 한 잔, 바다야 너도 한 잔
내 육신과 하나 되어 부딪치자
세상에 살아 있는 신음 소리 들린다.
나 살아있음을 누구도 관심 갖지 않아
너와 함께 하니 네가 곧 나요 내가 곧 자연이다

반복의 현상

모든 것이 반복의 현상이라 합니다.
당신을 사랑한 것도 당신이 내 곁을 떠나신 것도
자연의 섭리라 합니다.
비록 당신은 없지만 나에게 남은 것 또한 없습니다.
오늘 밤도 외로운 별들을 거느리고 쓸쓸한 달이 뜨겠죠.
난 어느 이름 없는 찻집에서 이름도 생소한 차 한 잔에
당신의 얼굴 떠올리며 고뇌와 멍울의 힘에 억눌려
그저 당신의 봉긋한 가슴속 마음을 그려만 보고 있겠죠.
당신은 아시나요.
사랑하는 마음이 뭔지
외로움에 가슴 찢기는 고통이 뭔지
그리고 어느 날 약속도 없이 무언의 이별을 느낄 때
이미 차가워진 당신의 품속에서 쓸쓸한 미소만 훔치던 내 마음을
당신과 나의 사랑이 주저리, 주저리 아직도 달려있습니다.
알알이 열려있는 사랑이 다 떨어질 때쯤
당신이 다시 돌아오신다 해도
그땐 아마도 내 마음속엔 또 다른 사랑이 꽃을 피워
다시 열매가 영글어 있겠죠.
그렇습니다.
가슴속까지 태우는 기쁨과 행복
뼈저린 고독과 통한의 슬픔, 절망 그리고 "한"
이 모든 것이 사랑이듯
끊임없이 돌고 있는 반복의 현상인가 봅니다.

사랑을 담아서

당신을 생각할 때면
조용한 떨림으로
내 가슴은 두근거려옵니다.

창가 한 곁에 놓아둔
당신을 그리워하며 키워온
작은 화분에
오늘은 옅은 연둣빛의
새순이 돋았습니다.

햇살이 포근한 날
당신이 아리도록 보고파 질 때면
하얀 무명천
검지에 살며시 감아 들고
당신의 살결인 듯
고운 잎을 닦아 내려갑니다.

반질거리는 속잎으로
고마운 듯
생기 찾는 그 모습이
당신의 웃음 진 표정인 듯하여
내 마음도 행복해져 옵니다.

언제인가
파릇한 줄기 타고
내 사랑 담은
하얀 꽃이 피어나면
두 손에 고이 들고서
당신이 계신 베란다 창가에
살포시 놓아두고 오겠습니다.
내 모든 사랑 담아.

단 하루를 살아도

단 하루를 살아도
나를 위해 살아가는 삶이 아닌
나를 위해 존재하는 당신을 위해
태어나 정해진 육신의 시간 동안은
당신만을 위해 살아가겠습니다.

문득 스치는 옷깃으로 다가와
아리고 질긴 인생
그래도 당신이 내 인연이라면
천만번 환생해 이름 없는 초목으로
당신을 다시 만난다 하여도
단 하나 당신만을 위해 살아가겠습니다.

짧은 듯, 긴 듯,
성한 듯, 미숙한 듯도 않은
굴곡진 우리네 한세상
가던 발길 멈출 때도 있겠지만
어차피 만나야 될 하나의 사랑이었다면
내 마음 당신께 온전히 드리며 살아가겠습니다.

당신의 하나가 나에겐 모든 것이기에.

낙엽을 보내며

새로운 나로
태어나기 위해
계절 넘나드는
시간 속으로
내 작은 껍데기 실어 보냅니다.

화사한 분단장으로
당신의 맑은 영혼
다시 한 번
내 몸에 품고파서
그리움 하나만
남겨둔 채 모두 보내봅니다.

언젠가 내가
돌아올 날
따뜻한 가슴으로
반겨줄 그대를 그리면
찬바람도 그리
외롭지만은 않을 것 같습니다.

멜랑콜리 맨(Melancholy Man)

셀러브리티"celebrity"한 수놈이 세련된 에티켓과 보이지 않는 고급스러운 취향을 자연스럽게 흘리며 자신이 최고의 명품인 양 거들먹거리다 야수처럼 달려 들어 부드럽고 럭셔리한 짝짓기의 대상을 찾아 배회하고 있다.
동물처럼 자신의 유전자를 번식시키기 위해서는 아니다. 그저 발정 난 암놈을 찾아 자신의 육체적인 쾌락을 만끽하기 위해서다. 하지만 고민이다.

폴리아모리 "polyamory" 적인 암놈들을 찾아갈 것인가!
팜므파탈 "femme fatale" 적인 암놈들을 찾아갈 것인가!

다자간 사랑을 원하는 암컷이나, 필연적인 아름다움으로 유혹하는 암컷이나 하나같이 겉모습은 비슷하다.

회색 셔츠로 깊이 파인 V넥으로 넓게 파여 쇄골을 드러내고는 섹시함으로 유혹하는 암컷.
검은 스커트는 타이트하면서도 걸을 때 깊이 파인 사이로 흰 허벅지가 슬쩍 보이는 암컷.
턱을 살짝 들고는 도도한 느낌을 주며 꼿꼿한 자세에 하이힐을 또 각 거리는 암컷.
힙을 치켜들고는 허리를 뒤로 젖히고 A컵을 C컵으로 위장하고는 가슴을 드러내며 모성애로 유혹하는 암컷.

스모키 화장법으로 눈초리는 깊게, 눈동자는 촉촉하게 반짝거리고, 하얀 살결을 살리려 입술에는 red color 립스틱으로 포인트를 주고는 턱에 힘을 주어 유혹하는 암컷,

이들 모두는 치명적인 매력으로 유혹하여 쾌락 뒤에 오는 불안전함이 공존하면 그 공식에 따라 무방비 도심 속에 몸서 리치도록 아름다운 불빛 속으로 던져질 것이나.
중독성강한 유혹에 이끌려 다니다 결국 암놈에게 잡아먹히는 사마귀처럼 내 육신과 정신은 찢길 것이다.

미친 듯이 사랑을 갈구하지만, 사랑 앞에서는 나약할 수밖에 없는, 그저 하나의 수컷일 수밖에 없는 몸짓, 이 모든 사랑은 결국 셀러브리티 "celebrity" 함으로 위장한 수놈의 넋두리며 멜랑콜리 "melancholy" 한 구애의 몸짓일 뿐이다.

오늘은 침묵하고 싶다

일상의 옷을 벗자
입도 함구하자
심장마저도 쉬게 하자

매서운 칼바람에 흔들림도
애련한 너의 손짓마저도 싫다
밤이 오는 길목에서
너를 기다리는 내가 싫다

너와 내가 공존하는
모든 것으로부터 자유롭기 위해
오늘은 침묵하고 싶다.

나도 너만큼은 잘났다

하루를 살아야 하는 일이
서럽고 고달프다 해도
내 삶 또한 너의 삶에 견주어
그리 유유하지만은 않은 인생이니라.

때로는 주저앉아
모든 것 포기해버리고
없는 것, 서러운 것 한탄하는 날
누군들 없이 살겠느냐

차라리 버러지 인생이라면
동냥바가지 꿰차고
한 푼 줍쇼 구걸이나 하겠지만
뱃속에 삼켜버린 자존심이란 것이
그리 만만한 놈은 아닌지라.

어차피 헤쳐 나가야 하는
거칠고 험한 세상이라면
자존심 등에 업고 고개 꼿꼿이 들어
세상을 향해 쏘아 보아라.
그리고 외쳐라.

"나도 너만큼은 잘났다."

소박한 人生

구불구불 휘어진 길
물 먹인 논 박아놓은
쟁기 끄는 황소 발걸음
"이랴 이랴"
바쁜 농부의 외마디 채근 질에
콧김 품은 앞다리
터벅터벅 봇물을 질러간다.

민들레 화사한 논두렁 따라
새참 광주리 머리에 이고,
양은주전자 막걸리 그득 담아
구수한 노랫가락
늙은 여인네 오는 소리에
일하던 낭군님 어깨가 절로 들썩거린다.

주르륵 탁주 한 사발
타는 목구멍으로 흘러들어가
여인네 두 손에 죽죽 찢긴 김치 한 가닥
행복에 겨워 입속에서 환호성을 내지를 때
저 산 지나가던 뻐꾸기 한 마리
소박한 그 광경에 부러움이 흐른다.

두 노인네의
말없이 주고받는 눈빛에 스며있는
세월이 안겨준 믿음이
따뜻한 봄볕을 타고 우리네 인생을 가로지른다.
세상이 뭐 별거냐 하며.

까치밥과 감나무

만삭의 몸으로 서 있는 감나무를
찬 서릿발이 희롱하고
중원의 벌판에서 쫓겨난 황사 바람이
비틀거리는 감나무를 강간했다.

감나무는 자신의 사랑인 홍시와
갈잎을 다 떨구어 주면서도
자신을 의지하여 살고 있는 까치집을
지켜냈다.

마을 아낙네들은 감나무의 허물을 들춰내려
딱따구리처럼 감나무를 쪼아댄다.
저놈은 그깟 중국산 황사 바람 하나 이기지 못하고
제 자식 같은 갈잎과 감을 다 내어주었다고.

하지만 감나무는 까치밥으로 남은 몇 개의 감이
남아 있음에 행복을 꿈꾼다.
내일 또다시 배고픈 낮달이 뜨면
배부른 까치가 불러주는 행복의 노래
마른 가지에 앉아
함께 할 수 있는 즐거움이 있기에…….

튜울립

그대는 봉긋한 가슴을 내밀고
콧대는 속눈썹을 향해 세우고
곧은 다리는 춤을 추듯
가벼운 바람에 흔들린다.

푸른색, 빨간색, 하얀색,
초록색으로 채색한 옷을 입고
도도한 척, 상큼한 척, 순수한 척 서서
하얀 조각달이 뜨는 하늘에 별을
헤아려 보고 있다.

이 세상에 다하지 못한 사랑을 위해
때로는 웃음으로
아픔의 의미를 부여하는 너는,
당연하다는 듯 앉아 작은 연인들에게
사랑을 가르치며 깨닫게 한다.

너의 그 자태가 오늘의 사랑 놀음이다

사랑한다. 보고 싶다.

내일은 비가 온다기에 당신을 찾아 길을 떠나려 합니다. 사랑한다, 보고 싶었다는 말을 가슴에 품고 무작정 거리를 방황하는 집시가 되어 봅니다. 보고픈 마음에 애가 타도, 그리워 가슴에 멍울이 진다해도 난 그대를 향한 노래를 멈출 수가 없나 봅니다. 내가 그대를 사랑하는 마음은 하늘에 이렁이렁 매달려 그대 모습을 만들어 내는 구름처럼 늘 언제나 꿈결 같은 바람이기 때문입니다.

한적한 길가에 누군가 심어 놓은 은행나무는 여름 내내 꼭꼭 묻어 두었던 이야기들을 낯선 거리에 뚝뚝 떨어뜨립니다. 달리는 차창 너머로 끝없이 노란 편지들이 갖가지 사연을 들고 춤추는 것을 봅니다. 애틋한 절규가 다하는 날까지 은행나무는 밤새 편지를 쓸 것입니다. 잎도 없고 열매도 없고, 바람만이 삭정이 가지를 흔들어 쓸쓸함을 노래할 땐 간혹 찢기는 아픔과 변덕스러움도 노래합니다. 저 은행나무가 쓰러지지 않는 한 천 년 동안 그렇게 사랑의 편지를 쓰고 또 노래할 것입니다.

사랑한다. 보고 싶다고……

오늘 밤은 희뿌연 안개가 거리의 가로등에 달무리를 달아 놓았습니다. 천연덕스럽게 가로등에 앉아 그리움에 노래를 하는 달무리는 내가 그대를 그리워하는 마음처럼 수채화를 닮았습니다. 오늘도 난 마음으로 꾹꾹 눌러쓴 편지를 은행나무에 걸어 두고 돌아옵니다.

널 만나러 가지 못해서 미안해,
기다리게 해서 미안해,
그리고 널 사랑해서 행복하다고…….

마음 늪

하늘이 회색이다
비가 오면 몸이 아프다.
늙어서……!!
아니다.
마음이 닫혀서 일게다.

무릎이 시려 온다.
왜일까!
병이 났나……!!
아니다.
그리움이 있는 곳으로 가고 싶어서 일게다.

천 년을 갈 거다

사랑은 목에 걸린 가시처럼 아프고
아련한 기쁨에 이별을 꿈꾸는 너는 섧다.

그림자 없는 사랑에 너는 도리질을 하고
허한 아픔에 나는 흩어지는 꽃잎을 주워담는다.

보고 싶어서 너는 슬프고
행복해서 나는 운다.

기다림에 가슴이 시려서 너는 웃고,
널 놓아본 적 없는 난 서럽다.

니의 가슴속에서
난 뚜벅, 뚜벅 걸어 천 년을 갈 거다.

시월의 달

시월 끝자락에서 반쯤 보이는 달은
꿈을 꾸게 한다.

별도 없는 허공으로 퍼져만 가는 건 너의 목소리뿐
내가 보고 싶은 것을 꿰뚫어 볼 수는 없다.

생과 사의 싸움에서는 죽음이 늘 우세하듯
사랑과 이별의 싸움에서는 언제나 이별이 승리한다.
이빨 사이에 독설을 끼워 넣고
너에게 행복을 말하고 있어야만 했듯이,

지금 핥고 있는 것은 너에 대한 애증이다
시월 차가운 물속의 달은
한낱 환상에 불과할지라도
세월을 삼키며 재떨이에 무참하게 짓눌러 버린 그리움으로
여전히 꿈속을 헤매고 있는 것이다.

넌 참 아름다워

지나가던 바람 속에서
꽃잎 하나 떨어졌다.

그리고 내게로 와서
너는 까맣게 빛나는
눈동자 속에 나를 담았다.

넌 참 아름다워서
난 그냥 널
씨근거리는 젊으디 젊은
사내의 가슴 깊은 곳에 묻었다.

소망 우체통

간절곳에 가면 간절한 마음으로
사랑에 소망을 말하면
들어 준다는 우체통이 있단다.

그곳에는
달빛은 바다와 입맞춤하고
파도는 낮은 소리로 철썩거리며
사랑하는 사람의 고백을 들려 달라 한단다.

내 삶에서 쏟아 부었던 열정과
철없던 시절 그 순수한 믿음과
삶에서 표현할 수 있는 진실과
행복을 담아 사랑을 고백해야겠다.

사랑의 윤회

제목 : 사랑의 윤회
시 : 김락호
낭송 : 설연화

모든 것이 반복의 현상이라 합니다.
당신을 사랑 한 것도 당신이 내 곁을 떠나신 것도 자연의 섭리라 합니다.
비록 당신은 없지만 내 가슴엔 당신의 맑은 눈동자만은 남아 있습니다.
오늘 밤도 외로운 별들을 거느리고 쓸쓸한 달이 뜨겠죠.
난 어느 이름 없는 찻집에서 이름도 생소한 차 한 잔에
당신의 얼굴 떠올리며 고뇌와 멍울의 힘에 억눌려 그저
당신의 봉긋한 가슴속 마음을 그려만 보고 있겠죠.

당신은 아시나요. 사랑하는 마음이 뭔지 외로움에 가슴
찢기는 고통이 뭔지 그리고 어느 날 약속도 없이 무언
의 이별을 느낄 때 이미 차가워진 당신의 품속에서 쓸
쓸한 미소만 훔치던 내 마음을
당신과 나의 사랑이 주저리, 주저리 아직도 달려있습니다.
알알이 열려있는 사랑이 다 떨어질 때쯤 당신이 다시
돌아오신다 해도 그땐 아마도 내 마음속엔 또 다른 사
랑이 꽃을 피워 열매가 영글어 있겠죠.

그렇습니다.
가슴속까지 태우는 기쁨과 행복 뼈저린 고독과 통한의
슬픔, 절망 그리고 "한"이 모든 것이 사랑이듯 끊임없
이 돌고 있는 사랑도 윤회의 현상인가 봅니다.

당신을 위한 기도

두 손 청결이 씻고
서로 모아 합장하여
가슴속 울부짖음을
이제 당신께 기도합니다.

당신과 내가 이별이란
장막 앞에서 서로에게
해서는 안 되었던 그때 그 언어들이
이제는 내 가슴 끝에 매달려
지난날을 회상하는 기도로 남게 합니다.

사랑했던 님이시여
오늘처럼 비가 내리고
새벽안개 꿈결처럼 피어오르면
당신과 내가 함께했던
그곳으로 가보렵니다.
당신이 그리워서나,
당신의 사랑이 남아있어서만은 아닙니다.
그저 내 지난날의 삶 속을 들여다보며
또다시 어리석은 사랑을 하지 않기 위해서입니다.

사랑했던 사람이여
푸른 물살이
지난날의 사랑들을 집어삼키는
쉽사리 건널 수 없는
애증의 강에서
당신을 향해 기도하는 마음으로
종이배 하나 접어 봅니다.
오늘도 당신을 향해 기도하지만
스산한 바람만이 말 없는 대답으로 스쳐 갑니다.

내게 당신은 행복입니다

제목 : 내게 당신은...
시 : 김락호
낭송 : 김락호

헝클어진 내 삶을 빗질합니다.
가슴에 고여 드는 행복 때문에
창문을 활짝 열고 숨을 쉬어야만 합니다.

맘속 깊이 맺힌 사랑이 너울져
잔잔한 행복에 눈물 적시며
그 마음 고이 접어 감추고
광인이 되어가듯
헐헐한 웃음을 웃습니다.

당신을 향한 바램이 너무 많아
내가 미워질까 봐
가슴 저미며 바라보던 내 눈빛에
당신은 춘란 꽃잎에 매달린 물방울처럼
초연한 모습으로 다가오십니다.

이제는 세상을 향해
입으로 사랑을 노래하고
눈으로 진실을 이야기하며
당신과 함께하는 이 길이 행복입니다.

사랑합니다

작사:김락호
작곡:강신완
노래:김화영

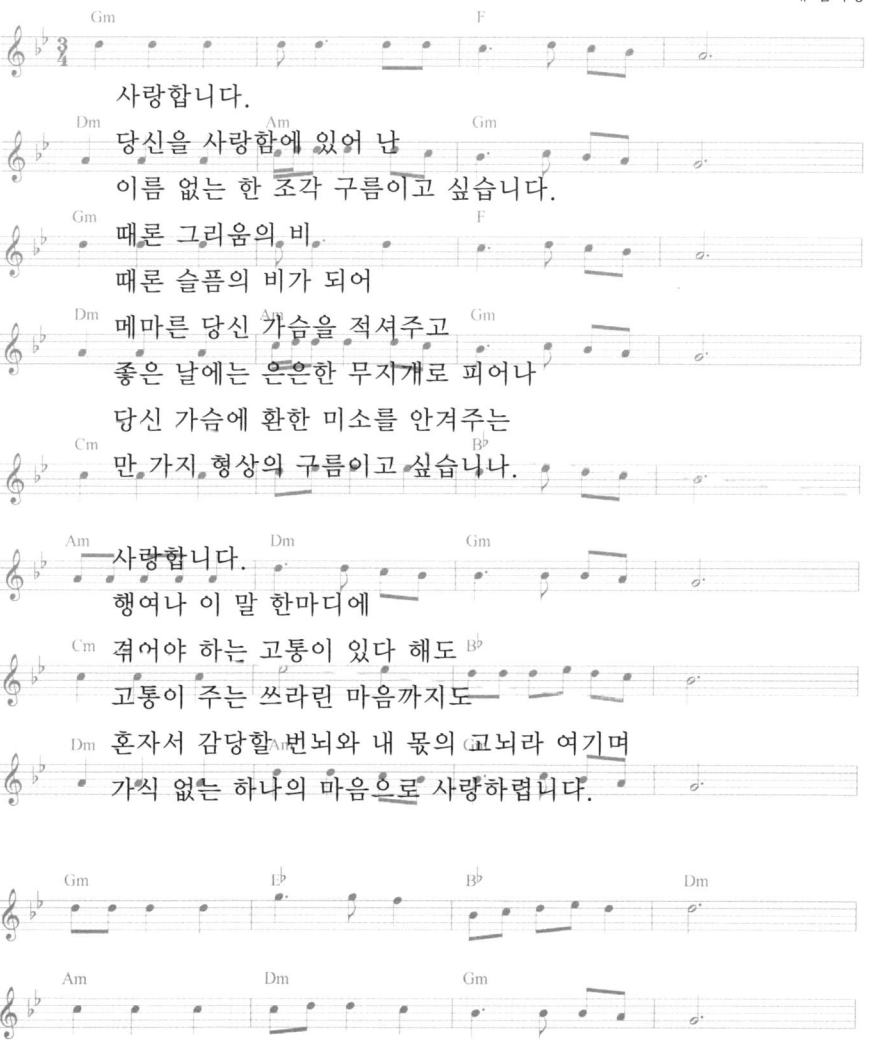

사랑합니다.
당신을 사랑함에 있어 난
이름 없는 한 조각 구름이고 싶습니다.
때론 그리움의 비
때론 슬픔의 비가 되어
메마른 당신 가슴을 적셔주고
좋은 날에는 은은한 무지개로 피어나
당신 가슴에 환한 미소를 안겨주는
만 가지 형상의 구름이고 싶습니다.

사랑합니다.
행여나 이 말 한마디에
겪어야 하는 고통이 있다 해도
고통이 주는 쓰라린 마음까지도
혼자서 감당할 번뇌와 내 몫의 고뇌라 여기며
가식 없는 하나의 마음으로 사랑하렵니다.

안녕이라는 노래는 끝났습니다

작사:김락호
작곡:강신완
노래:김화영

노래는 끝났습니다.
커피잔은 아직 따스한데
음악이 아닌 절규소리가
지금 마지막 음을 내리고 있습니다.
검은 통 속에서 들려오던
당신의 애절한 사랑이
마지막 여운을 남긴 채 사라지려 합니다.

조율하고 연주하던
우리 사랑 노래는 끝이 나고
가로등과 달빛 사이를 지나던 바람 소리마저도
안녕이란 노래를 부르고 있습디다.

달빛 따라 흐르던 당신의 고운 목소리도
빗소리에 눈물 감추며 부르던
우리의 사랑 노래도
가녀린 흐느낌으로 귓전에 남을 때
우리는 안녕하며 묻어버린 사랑을 남겨둔 채
이제 장엄했던 노래는 마침표를 찍습니다.

가을 랩소디

작사:김락호
작곡:루 노
노래:루 노

♩ = 100

시작도 없다
끝도 없다
침묵의 소리
정녕 말없이 떨어지려나.
들녘에 형형색색
구절초는 피어나는데
꽃길 따라 가려
지금껏 기다렸나
우아한 냉혹 속에
내리는 가을비
눈물 삼키며 쓰는 편지 한 통
한 무더기 낙엽 속에 던져 버린다.

확 떨어져라
가녀리게 매달려
슬픈 눈빛으로
내게 말하지 말고
싸늘한 달의 미소에 속지 말라
헐벗고 헤매는 내 모습 뒤로하고
별빛 속에 수많은 나그네가 길을 가듯
너도 그렇게 떠나거라.
나는 홀로 내 그림자 벗 삼아 가련다.

135

침묵의 사랑

♩ = 126

작사:김락호
작곡:진 우
노래:진 우

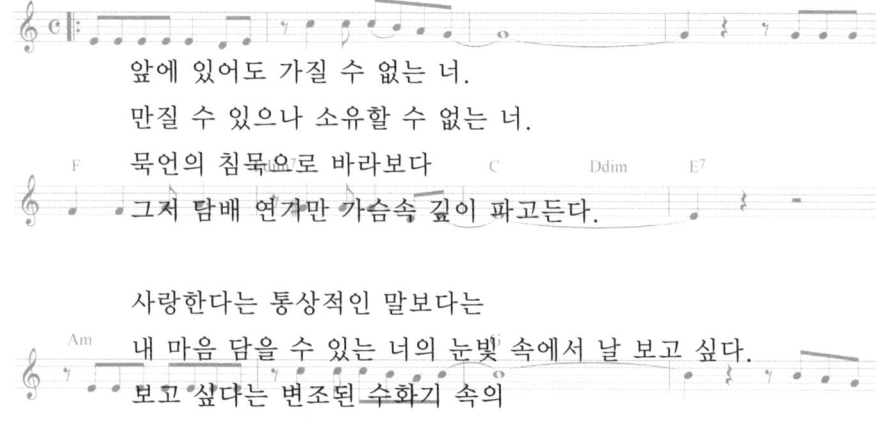

앞에 있어도 가질 수 없는 너.

만질 수 있으나 소유할 수 없는 너.

묵언의 침묵으로 바라보다

그저 담배 연기만 가슴속 깊이 파고든다.

사랑한다는 통상적인 말보다는

내 마음 담을 수 있는 너의 눈빛 속에서 날 보고 싶다.

보고 싶다는 변조된 수화기 속의

너의 목소리보다는 귓전에 들려오는

숨이 멎을 것 같은 너의 흐느낌을 느끼고 싶다.

내 가슴에 살아 있는 널 포옹하고 싶다.

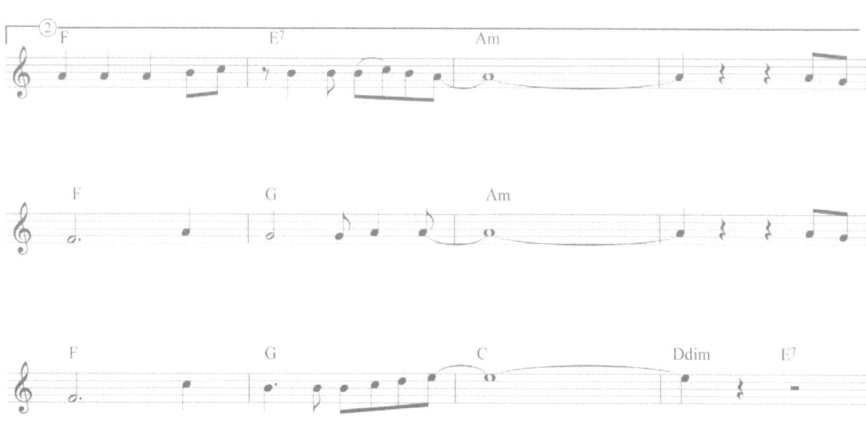

당신을 위한 기도

김락호 작사
강신완 작곡
이금이 노래

당신과 내가 - 이별의 장막 끝에서 - 당신에 게 해서는 안될 그말을 이제

는 내가슴 끝에 매달려 지난 날 의 회 상의 -기도로 남 게 해 사

랑 했 던 님 이 시 여 오 늘 처럼 비가 오고 - 새벽

안 개 꿈 결 피 어 나 면 함 께 한 날 들 그리워 지 지만 - 사

랑 이남아 있 어 서가 아 니 야 내 지 난날의 삶 돌이켜 보 아 -도 다

시 이 러 서 은 사랑 하 지 않 을래 - 사 랑 했 던 - 나 의 지 - 난 사 람 처 럼 지

난 날 의 사랑 - 삼 켜 버 린 - 건 널 수 없 는 저 애증의 강 에 서 - 스

산 한 바 람 말 없 이 스 쳐 가 고 - 당 신 향 한 - 기 도 만 남 아 있 어 -

간주 후 D.S

137

내게 당신은 행복입니다

♩ = 126

김락호 작사
강신완 작곡
이금이 노래

Am

흥클어진 내 삶의 빗질을 - 하고 - - 가슴에
잔잔한 행복에 눈물 적 - 시며 - - 그 마음

G

F **Fdim⁷** **C** **Ddim** **E⁷**

고 여 있 는 행 복 때 문 에 - -
고 이 접 어 나 를 감 추 고

Am **G**

창 문 을 활 짝 열 고 숨 을 쉬 어 야 만 - - 마 음 속
광 인 이 되 어 가 듯 털 털 한 - 웃 음 - - 내 게

① **F** **E⁷** **Am**

깊 이 맺 힌 사 랑 이 너 울 져 - - -

② **F** **E⁷** **Am**

당 신 은 나 의 행 복 입 - 니 다 - - 당 신

F **G** **Am**

을 향 한 바 램 이 - - 너 무

F **G** **C** **Ddim** **E⁷**

나 많 아 미 워 질 까 봐 - -

바 라 보 던 내 – 맘 에 – 한 송 이 꽃 처 럼 –

이 제 는 사 랑 을 노 래 해 – 진 실 한 사 랑 을 –

당 신 과 함 께 하 는 이 세 상 – 진 실 을 애 기 할 래 – 요 –

내 게 – 오 직 당 신 은 – 행 복 입 – 니 다 –

버리며 얻은 너

♩ = 100

작사:김락호
작곡:여승용
노래:문명곤

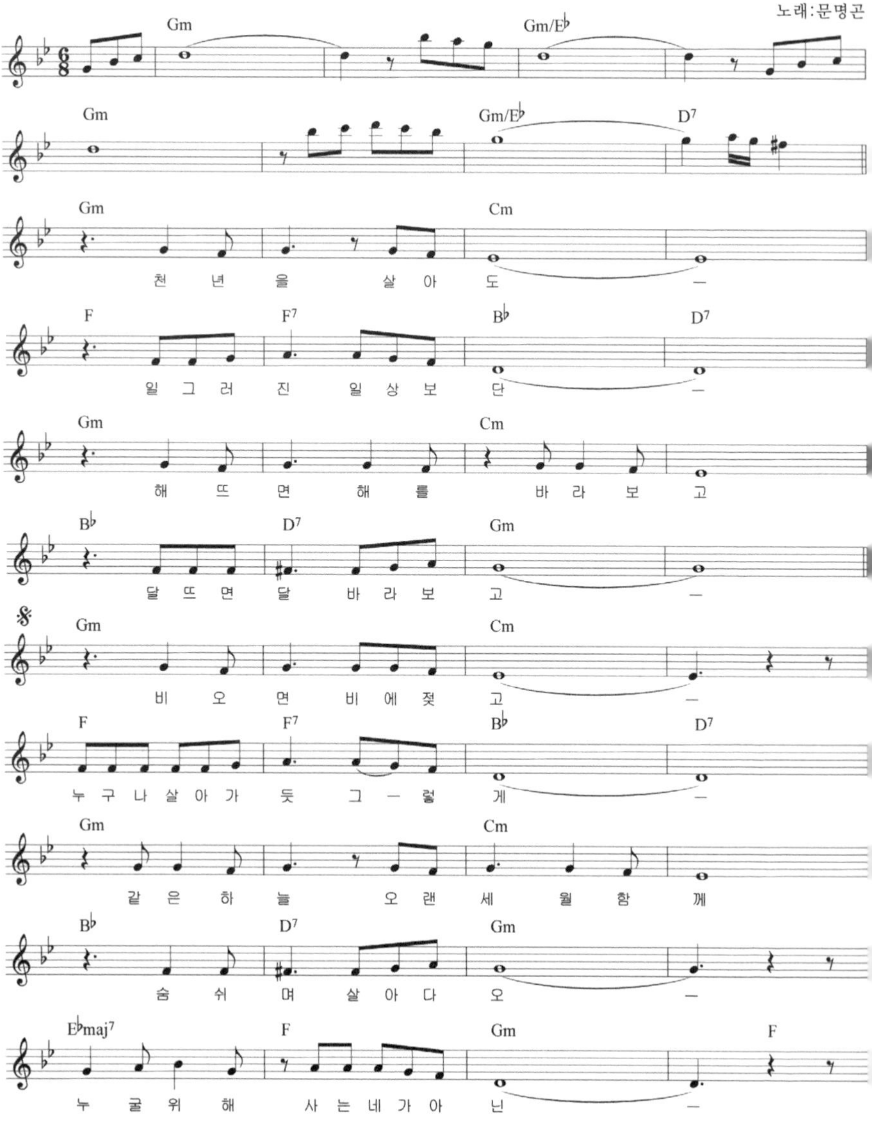
Gm Gm/E♭
Gm Gm/E♭ D7
Gm Cm
천 년 을 살 아 도 —
F F7 B♭ D7
일 그 러 진 일 상 보 단 —
Gm Cm
해 뜨 면 해 를 바 라 보 고
B♭ D7 Gm
달 뜨 면 달 바 라 보 고 —
Gm Cm
비 오 면 비 에 젖 고 —
F F7 B♭ D7
누 구 나 살 아 가 듯 그 — 렇 게 —
Gm Cm
같 은 하 늘 오 랜 세 월 함 께
B♭ D7 Gm
숨 쉬 며 살 아 다 오 —
E♭maj7 F Gm F
누 굴 위 해 사 는 네 가 아 닌 —

이별의 진혼곡

김락호 작사
강신완 작곡
이금이 노래

Gm · · · · · · · · · · F · · · · · · · ·
간 밤 에 울 음 소 리 슬 피 하 더 니

Dm · · · Am · · · Gm · · ·
무 언 가 가슴 - 속 깊 이 막 히 더 이 다

Gm · · · · · · F · · · ·
들 숨 은 가 슴 에 가 두 고 서 는

Dm · · · Am · · · Gm · · ·
날 숨 은 허 - 공 - 에 - 토 하 더 이 다

Cm · · · · · · B♭ · · · ·
먼 동 의 냄 - 새 가 베 어 나 오 면

Am · · · Dm · · · Gm · · ·
채 워 지 지 도 아 니 한 - 이 허 전 함 이

Cm · · · · · · B♭ · · · ·
열 두 자 속 의 깊 은 우 물 가 에 는

Dm · · · Am · · · Gm · · ·
끊 어 진 하 늘 과 의 마 지 막 인 연

Gm · · · E♭ · · · B♭ · · · Dm
이 름 없 는 먼 곳 의 닿 - 거 - 덜 랑

Am · · · Dm · · · Gm · · ·
묵 언 의 이 야 기 로 풀 어 버 리 고

마 중 나 온 누 군 가 손 내 밀 거 던

웃 음 으 로 반 - 기 며 맞 이 해 주 소

당 신 을 갈 - 망 한 나 의 목 - 소 리 에

답 하 여 줄 수 없 는 외 길 이 라 면

가 슴 에 쌓 인 한 숨 은 어 찌 - 하 리 오

잘 가 오 잘 가 오 - 반 겨 가 구 려

눈 먼 벽화

김락호 시집

초판 1쇄 : 2013년 8월 15일

지 은 이 : 김락호

펴 낸 이 : 시음사

디자인 편집 : 한지나

캘리그라피 삽화 : 설연화

기 획 : 시사랑 음악사랑

인 쇄 : 청룡

연 락 처 : 1899-1341

홈페이지 주소 : www.poemmusic.net

E- Mail : poemarts@hanmail.net

정가 : 10,000원

ISBN : 978-89-91664-65-4